喧嘩旗本　勝小吉事件帖

やっとおさらば座敷牢

風野真知雄

祥伝社文庫

もくじ

目次イラスト／中川　学
目次デザイン／かとう みつひこ

勝小吉とは?

勝海舟《かつかいしゅう》の父・勝小吉《こきち》という男は、生涯、出世には縁がなく、貧乏旗本の地位にありつづけた。だが、威勢のよさだけは倅《せがれ》の海舟を凌駕《りょうが》したほどで、その破天荒な人生は、みずからしたためた自伝『夢酔独言《むすいどくげん》』にあきらかである。

おさないころから身についた無頼《ぶらい》の暮らしは、二十歳《はたち》を過ぎてもいっこうにおさまらない。ついには親兄弟や親類縁者に、よってたかって懲《こ》らしめられ、自宅につくられた座敷牢《ざしきろう》に閉じ込められる羽目となった。

勝小吉は、あきれたことに二十一歳から二十四歳までの貴重な青春の三年間を、この座敷牢で過ごしたのである。のちの海舟こと麟太郎《りんたろう》がうまれたのも、小吉が牢にいるときのことであった。

これらの話は、小吉が座敷牢にいたころのことである――。

傾城《けいせい》の猫

一

夕方になってどんどん蒸《む》してきていた。

勝小吉《かつこきち》がいるのは、離れにある座敷牢《ざしきろう》の中である。ここは風通しは素晴らしくいいのだが、それでも暑い。

ひと雨欲しいところだが、いっこうに来るようすはない。

雨のかわりに、猫が一匹やって来た。檻《おり》なので人の出入りはできないが、猫ならかんたんに潜《くぐ》り抜けられるのだ。

「なんだよ、おめえか」

と、小吉は言った。

「にゃあ」

小吉のそばにちゃっかり座って、毛づくろいなどを始めた。

小吉も別に追い払うつもりはない。客が少ないのだから、猫だって客のうちである。

初めてではない。このところ、二、三日置きくらいにやって来る。

どこから来るのかはわからない。鈴のついた首輪をしているから、近所には違いないだろう。

この猫が、妙に色っぽい。

まだ若い。生まれて一年は経《た》っていないだろう。人間にすると、十六、七といったところか。

まさにおしゃまな乙女《おとめ》。

白黒の斑《ぶち》だが、模様がいい感じで顔にかかっている。大きな丸い目で、まっすぐ見つめられると、ちょっと照《て》れ臭《くさ》いくらい可愛《かわい》い。

「悪いオスには気をつけろよ」

つい、余計な説教までした。

そのとき、

「チチ、これ、ワンワン」

と、麟太郎《りんたろう》の声がした。表の通りのほうである。ちょうど門から麟太郎が入って来て、指差しているのは白い仔犬《こいぬ》だった。見覚えのある年寄りがそばにいた。

「おう、犬がいたのかい」

あとからおのぶがやって来て、

「麟太郎は犬が好きみたいなんですよ」

と、言った。

「おい、嚙《か》まねえだろうな」

小吉は心配になった。

「この犬はご隠居さんの犬で、しつけがいいから大丈夫よ。ちゃんと首輪に縄をつけて引っ張って歩いたりしてるの」

「めずらしいことをするもんだな」

「南蛮《なんばん》じゃそうしてるんだって」

そのご隠居は、昔、手習いの師匠をしていて、海の向こうのことなども知っていたりする。麟太郎のことをひどく買っていて、「この子はたいした大物になりますぞ」などと言っているらしい。親の顔を見てから、ものを言えと言いたい。親が座敷牢にいるときに生まれた子で、大物になったやつなんているのだろうか。

犬を見送った麟太郎がよちよちと駆け寄って来て、

「あ、ニャアニャア」

嬉《うれ》しそうに檻の中の猫を指差した。

「おう。おめえはちゃんと、猫と犬の区別もつくんだな」

小吉は感心して言った。

子どもの目から見たら、犬も猫も似たようなものだろう。どっちも四つ足だし、仔犬も仔猫も大きさはそうは変わらない。

いったいどこで区別しているのか。

片言しか話せない麟太郎に、どうやって訊《き》こうかと考えたところで、

「さあ、麟太郎、買い物に行こうね」

おのぶが連れて行ってしまった。

おのぶと麟太郎が出て行くと、それと入れ替わるように、早川又四郎《はやかわまたしろう》がやって来た。ぐったりした顔をしているので、このところの暑さで参っているのだろう。

小吉だったら、こんな暑いときこそますます元気になり、川風に吹かれながら両国《りょうごく》橋の上を行ったり来たりして、面白いことを捜《さが》すだろう。なんなら自分で面白い騒ぎを巻き起こしてもいい。

又四郎は、扇子《せんす》で自分の顔をあおぎながら、

「どうしたんですか、この猫？」

と、檻の中を指差した。

「知るもんか。ここんとこ、ときどきこうやって立ち寄るんだ」

「餌《えさ》やったりは？」

「してねえよ」

「勝さんは猫派でしたっけ？」

「猫派？　なんだ、そりゃ？」

「いや、生きものを可愛がるやつは、猫好きと犬好きに分かれるんだそうです。それで、勝さんは犬より猫が好きだったのかなと」

「へっ。くだらねえや。おいら、犬も猫も好きでもなんでもねえし。どっちか食えと言われたら、犬のほうかな」

「勝さんの子分になったというふうでもないですよね」

「猫を子分にするほど落ちぶれちゃいねえよ」

とは言ったが、もし、又四郎に去られると、もはや子分は一人もいなくなる。そのときは、桃太郎《ももたろう》みたいに、犬だの猿だのを子分にしなければならないかもしれない。

「でも、こんなふうに懐《なつ》いたみたいに檻の中に入りますかね」

「そういやそうだな」

「なんか、気に入った匂《にお》いでもついてるんじゃないですか？」

「メザシの滓《かす》でも落としたかなあ」

小吉はそう言って、檻の中の床を透《す》かすようにしながら眺《なが》めた。

だが、なにも落ちていない。板の間は小吉が手持ち無沙汰《ぶさた》で磨《みが》いたりするので、ゴミ一つなく、光り輝いている。

「それより、又四郎、なんか面白いことはないか？」

「いやあ、こうも暑いと、面白いことはありませんよ」

「なんで暑いと面白いことはねえんだ？」

「なにもする気が起きないんじゃないですかね」

「ばあか。そういうときに動くやつが面白いことをするんじゃねえか。暑くてなにもする気がしねえやつは、気持ちのいい天気のときでも面白いことなんかしねえのさ」

まるで、又四郎がそうだと言わんばかりに意地悪そうに言った。

だが、又四郎は小吉の皮肉など気にしない。

「そういえば、裏の二階建ての家に可愛い娘がいますね」

「裏の二階建て?」

「ほら、池のわきにある、貸家にしているこじゃれた家」

「ああ、あったな」

「あの家に一人で暮らしているんですよ」

「いくつくらいの?」

「十七、八よりは上でしょうね。二十歳《はたち》くらいの」

「そんなのいたっけか?」

二十歳くらいなら、小吉とそう歳《とし》も違わない。

この町内でそんなに可愛い娘がいたら、ぜったい見知っているはずである。たぶん小吉が檻に入ったあとで、引っ越してきたのではないか。

「それくらいで嫁に行ってねえってえと、手癖《くせ》か男癖が悪いか、あるいはシモがだらしないか」

「ひどいなあ。人には縁というのがあるから、嫁に行ってないのはたまたまですよ」

「なんだ、見染《みそ》めたのか。わかってねえな、おめえは」

小吉は鼻で笑った。

「でも、おのぶさんはよくできた奥方ですよね」

又四郎は話を変えた。

「奥方ってほどのものじゃねえだろうよ」

小吉は微妙な顔をした。

勝家はいちおう旗本《はたもと》とされるが、禄高《ろくだか》は四十一石《こく》しかない。将軍にお目見得《めみえ》のかなわない御家人《ごけにん》でも、百石以上はざらにいる。しかも、いまは決まった役目のない小普請組《こぶしんぐみ》である。「勝家ってほんとに旗本か？」と、疑う声すらある。

「おのぶさんに見染められたって噂《うわさ》もありますよ」

「うん、まあな」

小吉は否定しない。

男谷《おだに》家の三男坊だった小吉だが、父の平蔵《へいぞう》が養子先として勝家を見つけ、ここのおババと話をつけたわけだが、おババは小吉を見ていろいろ難色を示した。

このとき、まだ七歳だったが、なんせそのころからろくでなしぶりが顔に出ていた。それでおババはだいぶ二の足を踏んだが、おのぶがどういうわけか小吉を

気に入り、

「小吉さんがいい」

と、言ったのだった。

小吉七歳、おのぶ六歳のときである。

小吉はそのときのことを思い出すと、なんとなく温かいような気持ちになる。

「わたしもなんとかしないとまずいですよね」

又四郎は情けない口調で言った。

貧乏御家人の四男坊である又四郎は、本当なら小吉の檻の周りでうろうろしている場合ではない。なんとしても養子口を捜さなければいけないのだ。

それもこれも、

「まあ、待て。おいらが檻を出たらなんとかしてやる」

という小吉の言葉を当てにするところもあるからだった。

二

口の中に毛が生えてきた。顔の裏側が短い毛でびっしり埋められた。

なにを食っても、もそもそする感じでおいしくない。
――こりゃあ大変なことになった。
と、慌《あわ》てたところで小吉は目が覚《さ》めた。
妙な夢を見たものである。
まだ真夜中ではないか。
すべて開けっ放しで檻の中に寝ているので、月の光が差し込み、けっこう明るい。
小吉の隣では麟太郎が、口を開けて、気持ちよさそうに寝ている。
このところ、夜中も暑くて寝苦しそうだというので、
「それなら檻の中が涼《すず》しくて気持ちいいぞ」
と、ここで寝かせてみた。
ただ、これについては、勝家のおババが猛反対した。
「子どものうちから檻の中に寝ることに慣れたら大変だ」
というのである。
小吉も内心、それもそうかと思った。
だが、麟太郎が寝たがったため、とりあえず今晩だけとあいなったのである。

鱗太郎とは反対側に、これもいままでいなかったやつがいた。

あの猫である。

口の中に毛が生えた夢を見たのは、こいつが口に尻尾でも突っ込んだせいかもしれない。

いつも開けっ放しだから、猫が来ても不思議はないが、夜中にこいつが来たのは初めてである。

「なんだ、おめえ。なにしに来たんだ？」

小吉がそう言うと、

「にゃあ」

しらばくれたような返事をした。足先が赤っぽく見えるが、どこを歩いてきたのだろう。

すると、ぐっすり眠っていた鱗太郎が、

「ほよ？」

と、目を覚ました。

「おっと、まだ、夜中だぞ。寝んねしなよ」

小吉は鱗太郎の肩を軽く叩《たた》くようにしながら言った。

だが、麟太郎は小吉の後ろのほうにいる猫に気づいたらしく、上体を起こすようにしてじいっと見つめ、

「ワンワン」

と、指を差した。

「ワンワンじゃねえだろ。ニャアニャアだよ」

「ワンワン」

やっぱり寝惚《ねぼ》けているのだろう。

「ワンワンでも、ニャアニャアでも、どっちでもいいから寝んねしな」

と、小吉は麟太郎を寝かせつけたのだった。


翌日――。

昼過ぎに又四郎がしおたれた顔をして、檻の前にやって来た。

「どうした、なんか変なものでも食ったか？　夏は気をつけねえと危ねえぞ」

「そんなんじゃないですよ。勝さんの言ったのが当たりました」

「なんだよ、おいらの言ったのって？　あ、お前が見染めた女のことか？」

「ええ」

「たいしたあばずれだったんだ？　なに、そこらで暴れて、何人か川に突き落としたってか？」

「それじゃ勝さんでしょうが。違いますよ。あの女、表の長谷川《はせがわ》屋の旦那《だんな》の妾《めかけ》だったんだそうです」

「長谷川屋ってのは漬け物《つもの》屋の長谷川屋かい？」

「そうです」

「そりゃまた、妾でも、格上のほうだ。長谷川屋の旦那は庄造《しょうぞう》といって、まだ三十くらいの歳のくせに、とっかえひっかえ妾つくっちゃ、のべつ手切れ金を払っているようなやつだぞ。おいらも一度、こじれた話をおさめてやったことがあるんだ」

　妾の兄貴がやくざ者で、両国の親分まで出てきたのを、小吉が話をつけた。まだ、十七、八のころである。

「そうでしたか」

「それで、おめえも縁を切る算段でも相談されたってか？」

「違いますよ。わたしにそんなことができるわけないでしょう。どうも、その女――お貞《さだ》っていうらしいんですが、殺されたみたいなんです」

「殺された？　そいつは尋常《じんじよう》じゃねえな。いつだよ？」

「昨夜ですよ。飯のしたくなどをしている手伝いの婆《ばあ》さんが、朝、顔を出すと、戸は開けっぱなしで、玄関口の襖《ふすま》が倒れて破れたりしていたそうです」

「死体は？」

「見つかってないんです」

「血は？」

「血はなかったのですが、紐《ひも》が落ちていたみたいです」

「絞《し》められたか」

「そうじゃないかと、町方のほうでも推察しているみたいです」

「それで、身元を調べ、長谷川屋の妾とわかったってわけだな。妾となると、旦那の女房とこじれたあたりは調べることになるのが常道だろうが、長谷川屋の内儀《おかみ》に限るとそれはねえな」

「そうなんですか？」

「ああ。おいらが口をはさんだ一件も、内儀にばれてこじれたわけじゃねえ。飽《あ》きて、次の妾を持ちたくなったので、別れたくなっただけさ」

「まったく金持ちのやることとは」

又四郎は憤《いきどお》って、こぶしで一方の手のひらをぱんと叩いた。

「あそこの内儀は、亭主が飽きっぽいのは重々承知だから、焼《や》き餅《もち》なんか焼かねえし、相手が誰かも知ったこっちゃねえというふうだった」

「なるほどね」

「その件を探ってるのは仙吉《せんきち》か?」

「そうです」

はっきり殺しとわかったわけではないから、まだ奉行所の同心などは出て来ないだろう。

仙吉は、小吉も認めているくらいだから、なかなか腕のいい岡っ引きである。

「まあ、とりあえず、あいつのお手並み拝見か」

小吉は面白そうに言った。

三

それから五日ほど経って――。
長谷川屋の妾はまだ見つかっていない。町の噂では、どうやら絞め殺されたあと、大川《おおかわ》にでも投げ込まれたのだろうということだった。

投げ込まれてすぐならまだしも、いまごろになって川を浚《さら》っても、遺体はまず見つからない。何カ月も経って、江戸湾の端《はし》のほうに、身元がわからない女の死体が浮かび上がるのがせいぜいだろう。

江戸湾は底のほうが渦《うず》を巻いていて、浮かばないまま、海中を回っていたりするのだ。

──なんか気になるよな。

小吉はすっきりしない。

というのも、妾のお貞が殺されたかもしれない晩、あの猫が来ていた。

そして、妾が殺されてから、猫もぴたりと来ていない。

猫はお貞がいなくなった件と関わりがあるのではないか。

長谷川屋は、本所相生町《ほんじょあいおいちょう》四丁目にあるけっこうな大店《おおだな》で、その裏手と、妾の家のあいだに、小吉の家がある。つまり、猫が小吉の檻に来ていたのは、単に通り道にあったからではないか。そう言えば、猫の毛に草の葉や実がついていることがあった。いわば、ちょっとした茶店がわりに使われたってわけである。

ただ、猫はいつも裏のほうから来て、表のほうに消えて行った。表から来て、裏のほうに行ったことは一度もない。

「ふうむ」

と、小吉は唸《うな》り、又四郎が顔を出すや、さっそく頼みごとをした。

又四郎が用を済ませてきたのは、半刻《とき》(約一時間)ほどしてからである。

「行って来ましたよ、勝さん」

「どうだった?」

「ええ、長谷川屋では猫を飼ってました。黒白の斑の猫です。内儀さんが抱いているところも見ました。まさにあの猫でした」

と、又四郎は言った。

「やっぱりな。それで、妾のほうはわかったか?」

「それなんですよ。なんせ、いまは大家が戸締りをしちゃって、中がのぞけないんですが、大家に訊いたところでは飼ってないはずだって言うんです」

「飼ってないだと?」

「ええ。なんでも、あの大家は以前、化け猫を目《ま》の当たりにしたことがあったので、店子《たなこ》にも猫は飼っちゃ駄目だと約束させているんだそうです」

「ふうん。化け猫をね」

鼻でせせら笑った。

「猫がどうかしたんですか？」

「どうかしたなんてもんじゃねえ。下手人はやっぱり長谷川屋の内儀だ」

「ですが、内儀は焼き餅なんか焼かないと、勝さんもおっしゃってたじゃないですか」

「ああ、言ったよ。だから、妾への焼き餅なんかが理由で殺したんじゃねえ。あの猫に惚《ほ》れちまったんだ。いわば、猫への焼き餅が、今度の殺しを招いたのさ」

小吉は自信たっぷりで言った。

「じゃあ、仙吉に？」

「ばあか。岡っ引きに手柄立てさせて、おいらになんの得がある。考えがあるんだ。おめえ、まずは長谷川屋の庄造を呼んできてくれ。ああ、もちろんおいらの名前を出してくれてかまわねえよ」

「どうも勝さん。ご無沙汰して申し訳ありません」

長谷川屋のあるじは、へらへら笑いを浮かべてやって来た。

呼んできた又四郎も、檻の横に座って話を聞くつもりである。

「おう、おめえもあいかわらずずらしいな」

小吉はからかうように言った。檻の中にいて、これほど態度のでかい男もめずらしいのではないか。

「聞きしにまさる立派な檻ですね。これは樫《かし》の木じゃありませんか」

じつに調子がいい。この調子のよさに加えて金もあるから、妾なんぞはいくらも引っかかる。

「いい檻だろ。用済みになったら、おめえのところで樽《たる》にでもつくり直すか？いい味が出るぞ。おいらの恨みや怒りが染《し》みついてるんだ」

長谷川屋のべったら漬けはお城にもおさめているらしい。

「いやいや、勝さんの檻で漬け物樽なんか勿体《もったい》なくてつくれませんよ」

「妾が殺されたわりにはずいぶん元気じゃねえか」

「いや、まだ、殺されたとわかったわけでは」

「だが、ちょうど厄介払《やっかいばら》いになったんじゃねえのか」

「また、そんな」

「ふつうは、おめえが疑われるところだよな？」

小吉は脅《おど》すように言った。

「そりゃそうさ。近所に囲った妾。旦那は飽きっぽくて、そろそろ別れたがっている。誰かがやって来たのは夜。いくらあばずれでも、そうそう戸は開けねえ。知っている人だから開けた。なんか、話がこじれて、首を絞めたってわけさ」

「へっへっへ。勝さんもあいかわらず人が悪い。でも、残念ですねえ。あたしはあいにくと、あの晩は商売仲間の会合がありましてね。そのあと、吉原《よしわら》に泊まってしまって、お貞のところには行きたくても行けなかったんですよ」

「そうだってな。惜しかったよなあ」

じつは、そのことはすでに又四郎から聞いていた。

「ところで、猫のことで訊きたいことがあるのさ」

「猫のことで？」

「おめえんとこの猫が、妾がたぶん殺された晩に、ここに来ていたのさ」

「ここに？」

「泊まったわけじゃねえ。一休みしていなくなったんだがな。たぶん、ちゃんと家にもどったんじゃねえか？」

「ははあ。夜中にもどったんですか。ええ、うちは裏の塀《へい》に猫が通る小さな穴を開けてますので、夜でも出入りはできるんです」

「可愛い猫だよな」

「そうみたいですね。あたしは猫よりも若いおねえちゃんのほうが好きなんですが、女はたまらないみたいです」

「あの猫はどうしたんだい？」

「捨て猫を拾ったんですよ」

「ところで、妾が殺された件だけどな。おいらは、おめえの内儀さんがやったんじゃねえかと睨《にら》んだんだよ」

「そんな馬鹿な」

「なにが馬鹿なんだ？」

「どうして、うちのやつがお貞を殺さなければいけないので？」

と、長谷川屋が訊いた。

「もちろん焼き餅だよ」

「あっはっは。それはないです。うちのは、妾については黙認ですから」

「そこがおめえは女の気持ちをわからねえってんだよ」

「どういうことですか」

長谷川屋は、小吉に言われたくないという顔をした。

「妾に対する焼き餅じゃねえ。猫に対しての焼き餅なんだよ」

「え？」

「あの猫は、妾のほうも可愛がっていたんじゃねえのかい？」

「よく、おわかりで」

「ふん。それくらいわかるさ」

「だいたいあの猫は、お貞といっしょに歩いているときに拾いましてね。お貞は飼いたいと言ったのですが、あの家は猫を飼っては駄目だと言われていたんですよ。それであたしが家のほうに持って帰ったんです」

「そこで、内儀さんも気に入ったんだ」

「もともと猫好きで、いままでも飼っていたのですが、ちょうど途切《とぎ》れていたんです。そこへ連れてったのがあの猫で、こんな可愛い猫はめずらしいって、一目で気に入ってしまったんです」

「やっぱりな」

小吉もわかる気がするのだ。

あんなに人好きのする猫は、たしかにめずらしいだろう。人なつっこいし、声や表情がなんとも甘えたふうで可愛いのだ。

傾城《けいせい》の美女ならぬ、傾城の猫ってやつだろう。

「妾も諦めきれなかったんだろ？」

「そうなんです。あの子に会いたい、会いたいって。あんまり言うもんだから、あたしが夕方あそこに行くときなどは、懐《ふところ》に入れて、持って行ったりしてました」

「そんなことだろうと思ったぜ」

通り道なのに、いつも片側からしかやって来ない。

それは、この旦那が連れて行ったからである。

「でも、妾の家は猫も落ち着かないんですかね。あたしがお貞といちゃいちゃしている隙《すき》に抜け出して、本宅のほうにもどってしまうんですよ」

「あんたもなんのかんの言っても、本宅のほうが好きなんだろう？」

「いやあ。そうなんですかねえ」

長谷川屋は、うんざりするような馬鹿面をして笑った。

猫というのは、だいたい一町《ちよう》（約一〇九メートル）四方くらいを縄張りにしていて、その範囲なら道に迷ったりもしないらしい。

「だが、だんだん猫を帰したくないなんて言い出したんだろ?」

「そうなのです。旦那と別れてもいい。そのかわり猫はあたしのもの。持ってきて、などと騒いだりする始末で」

「そうしないのかい?」

「いや、まだ、あの女には未練がありますから。それで、このあいだの晩は、泊めてもいいと連れてったわけです。うちのが猫がいないと大騒ぎをするのはわかってましたが、どうせあたしは会合があってもどらないことになってましたので」

「なるほど」

「それで、お貞には、朝になったら外へ出すように約束もさせましたのでね」

「ところが、猫は夜中に抜け出してしまったのさ」

「ははあ」

「それで、猫をめぐる女同士の争いが、いっきに激化したってわけだよ」

「勝さんは、ほんとにうちのやつがお貞を殺したと思ってるので?」

長谷川屋が、呆《あき》れたような顔で小吉を見た。

又四郎もどうなることかと小吉を見守っている。

小吉は顔をぐいっと回し、歌舞伎《かぶき》役者が見得《みえ》を切るように目をひんむいて、

「当たり前じゃねえか」

と、言った。

「おめえは細《こま》やかさってものがねえから気がつかねえが、女たちは、あの猫をめぐってすでに争いを始めていたのさ」

「え？」

「お貞はあの晩、猫を自分のところに置くばかりか、それまでしていた首輪を取った」

「首輪を？」

「ああ、いい音色を立てる鈴のついたやつさ」

「はい。あれはけっこう高いものだったらしいです」

「お貞は、内儀さんがつけた首輪を猫がしているのに焼き餅を焼いた。それで、鈴はないが模様の可愛い首輪に替えてしまったのさ」

あの晩、猫が小吉の檻にやって来た。

すると、麟太郎が目を覚まし、猫を見て、

「ワンワン」

と、言ったのである。それは、猫の首輪に鈴がついていなかったからなのだ。麟太郎がこの前見ていた近所の隠居の犬も首輪をつけていた。それにはもちろん鈴なんかついていていない。

麟太郎はそのことを言いたかったのだろう。この猫、今宵《こよい》はいつもの首輪じゃない、犬がつけているような首輪だよと。まったく、なんて賢《かしこ》いやつなんだろう。

「でも、いま、うちにいる猫は、鈴をつけていたはずですよ」

と、長谷川屋は言った。

「それは、内儀さんがまた、取り替えたのさ。女ってのは、自分の好きなものには、自分で選んだものを着せたがるのさ。それは、亭主だろうが、子どもだろうが、猫だろうがいっしょだ。ほかの女が選んだものを着てるなんて、ぜったい許せることじゃないんだよ」

「へえ」

「へえ」

長谷川屋と又四郎が、同じように感心した。

「では、勝さんはあくまでも、お貞をうちのやつが殺したんだと？」

「ああ。内儀さんはそれまでも薄々は疑っていたはずだぜ。なんかときどきいなくなる。同じ方向から帰って来る。しかも、そういうときは腹も空《す》かしていなかったりする」

「ああ、たしかにお貞が食いものを与えたりしてました」

「内儀さんは、本来なら亭主に働かせるところの勘《かん》を、猫に対して働かせたのさ。そして、とどめは首輪を勝手に替えられたってことだ。カッとなってお貞の家に乗り込み、言い争いのあげくに、紐で首を絞めた」

「死体は？」

「竪川《たてかわ》の河岸《かし》まではほんの一町ほどだ。お前のところの漬け物樽にでも入れて荷車で運んだんじゃねえのかな」

「あ」

「どうした？」

「じつは、あたしはあの店に養子に入ったんですが」

長谷川屋がそう言うと、

「養子なの」

と、又四郎が羨《うらや》ましそうな顔をした。

「うちのやつは、子どものときから、漬け物樽を手代たちが転《ころ》がすのを自分でもやってみたくて、稽古《けいこ》したらしいんです」

「ああ、あの技な」

小吉も見たことがある。

大きな樽を持ち運ぶのは大変だが、ころころと転がすのはたいして力も要《い》らないらしい。棒《ぼう》一本を使って、角《かど》だってかんたんに曲がったりする。

「まさか、あれで？」

「そうだよ」

「いや、やっぱり変ですよ」

「なにが？」

「うちのやつはお貞の家を知らないはずですよ。知らない家の女をどうやって殺せるんですか？」

「ほんとに知らねえのか？」

「ええ」

長谷川屋の庄造は、自信たっぷりでうなずいた。

「そんなわけはねえ。おい、お前、内儀さんをここに呼んで来てくれ」

これはちっと微妙な話になりそうなんでな」

あとも、町方に報《しら》せるなんてことはしねえ。又四郎、おめえも席を外してくれ。

「大丈夫。ぜんぶ、おいらがうまくやってやる。もちろん、内儀さんが白状した
長谷川屋は不安げな顔をした。

「うちのを？」

四

「初めまして。長谷川屋のたづと申します。勝さまのお噂は以前からよくうかがっていて、亡くなったうちの父なども、世が世なら英雄になる人だよと言っておりました」

檻の前に立った女は、しらばくれた口ぶりでそう言った。

歳のころは三十二、三。器量は特別いいというほどではないが、どこか鷹揚《おうよう》な感じがする。あの庄造が、妾をつくってはまた元におさまるというのもわかる気がした。

「なあに、それほどでもねえ。それで、だいたいのことは庄造から聞いたか

い？」

「ええ、ざっとですが、聞いてきました。とんでもない疑いをかけられたって」

「なあに、おいらには内儀さんの気持ちはよくわかるぜ」

「そうですか」

内儀は袂《たもと》でふいにこぼれ出た涙を拭いた。

すでに白状したも同様の態度と言える。

「内儀さんだよな。あの晩、お貞の家に駆け込んで、首を絞めようとしたのは？」

「でも、あたしはお貞さんの家なんて」

「知らないってんだろ？　でも、それは嘘《うそ》だな」

「嘘ですって？」

「猫がときどきいなくなるのをいぶかしんだあんたは、猫をよおく観察した。それで、猫の毛に、おかしな草の実がついているのを見つけた。それは、おいらも見つけていたんだ。ここらじゃ、向こうの池の周りにしか生えていないはずなんだよ」

「まあ」

よくそれを見つけたと、感心したような顔をした。

「それで当たりをつけ、さらに、いかにも妾が住んでいそうな二階家が怪《あや》しいと思った。そこで、その家の猫が出入りしそうなところに、漬け物で使う、赤い色の粉を撒《ま》いていたのさ」

あの晩の猫のことを振り返ってみた。

そして、あの猫が足先に赤い粉をつけていたのを思い出したのである。

「どうだい。あの家の周りにはまだ赤い粉も残っているはずだ。それを集めてきて、長谷川屋で使っている食紅と同じものかどうか、確かめることもできるはずだぜ」

「…………」

内儀はうつむいてしまった。

「おいらは、内儀さんの気持ちもわかるぜ。猫に焼き餅を焼いているが、ほんとのところはやっぱり旦那に焼いてるんだ。だが、大店の内儀さんとしてはそれはみっともねえ。でも、おそらく心の底にそうした怒りは溜《た》まっていたんだよ」

小吉はやさしい口ぶりで言った。

本当にそういう気持ちはわかるのである。自分でも抑えつけているものはいっぱいある。それが、まったく関係ない方向に、怒りとして爆発したりする。だが、本当はそうではなく、ただひたすら泣きじゃくりたいだけなのかもしれない。

「勝さんて、おやさしいんですね」

内儀はまた袂で目頭を押さえた。

「内儀さん、それで相談なんだ」

小吉は檻の中で改まった。

「なんでしょう?」

「おいらもご存じのように、町方の味方でもなければ、孔子《こうし》さまの信奉者でもねえ。歳こそ内儀さんよりは若いが、世の中の酸《す》いも甘いも味わってきたつもりだ。だから、野暮は言わねえ。このまま、なかったことにしたいんだ」

「なかったことに?」

「ああ、どういう意味かわかるよな?」

「金?」

と、内儀は訊き返した。

「そう。百両ってとこでどうかな」

「百両……勝さん。その返事はちょっとだけ待ってもらっていいですか？」

「ああ、かまわねえよ」

「あとで返事を持ってきます」

内儀はそう言って、もどって行った。

そのとき、小吉は見逃さなかった。内儀がかすかな笑みを浮かべたのを。

それは、捕まれば獄門なのだ。笑みも出るというものである。

――百両、もらった。

百両あればいろんなところに根回しもできる。又四郎に小普請組の上役に取り次いでもらい、袖《そで》の下をちょいと重くしてやれば、

「そろそろ勝小吉は出してやってもよいのではないか」

くらいは言わせることもできるはずである。

百両には、それくらいの遣い出があるのだ。

――ふっふっふ。

小吉も笑みがこぼれた。

五

「げげっ。おめえは……」

半刻後に、檻の前に立った女を見て、小吉は驚愕《きようがく》した。

「覚えてた、勝さん？」

「あ、ああ。覚えてるよ。お貞……まさか、長谷川屋の妾になった女って？」

「そう、あたしなの」

それはこのしたたかな女だったら、長谷川屋の妾にもなるだろう。又四郎に二十歳くらいと思わせることもできるだろう。

昔、この女が両国の飲み屋で働いていたころ、小吉は惚れて通ったことがあった。同じように通った男はたぶん二、三十人はいた。

なにが二十歳だ。この女は、ほんとの幼なじみの証言だと、二十歳を十回近くやっているということだった。

「おめえ、長谷川屋の内儀さんに絞め殺されたんじゃなかったのか？」

「お生憎《あいにく》さま。この通り、元気だわよ。でも、内儀さん、言ってた。勝さんはやっぱり鋭い。たいしたもんだって」

「なに言いやがる」

「ほとんど当たってたの。よく猫のことだけであそこまでわかったわねって。喧《けん》嘩《か》になったのは本当なの。内儀さんがあたしの首を絞めたのも。でも、金でカタつけましょうってあたしの一言で、正気にもどったのよ」

「ちっ」

　小吉は舌打ちした。

　本当に猫のことだけで、あそこまで想像をめぐらせられるやつが、この江戸にいったい何人いるだろうか。

　どうせなら、この女にはそのまま死んでもらいたかった。

　なにせ、この先、どれだけの男がこいつにたぶらかされるかと思ったら、江戸の男たちの心の平安を守るようなものではないか。

　もっとも、心に波風が立つからこそ、人生は面白いとも言えるのかもしれない。男も女もいいやつで、こっちが惚れたら向こうも惚れて、一度くっついたら末長く仲良く暮らしました——そんなのばっかりでも、つまらないような気がするのだ。

「あとは、大人同士の話」

そこまで話が固まれば、詰めるのはかんたんである。

「いくらで決着がついたんだ？」

「猫の代金も入れて百両。内儀さん、ほんとにあの猫にはぞっこんだったのね」

「………」

小吉が言い出した額と同じ百両。

だから、内儀はあのとき、かすかに微笑《ほほえ》んでいたのだろう。

がたっ。

と、表のほうで音がした。早川又四郎が立っていて、かたわらにあった箒《ほうき》を倒してしまったようだった。

「勝さん……」

又四郎の表情に、衝撃が張りついていた。死んだはずの憧れの女が、いま、小吉の牢の前に立っているではないか。

「又四郎、おめえはもう帰れ」

と、小吉は怒鳴《どな》った。

「ですが、そこにいる娘は……」

お貞は、又四郎に微笑んでみせた。いかにも人のよさそうな、風の中で微笑んで見せたら、どんな男でも絵に描いてみたいと思うような微笑みである。まったく、これだけどす黒い気持ちを持った女が、なぜこんな微笑みができるのだろう。

もっともお貞だって一匹の仔猫に心を囚《とら》われたりするので、これは猫向けの微笑みを男にしているだけなのかもしれない。

「おめえの言いたいことはわかってるぜ。いろいろ誤解があったんだ。いいから、もう帰れ！」

小吉が怒鳴ると、又四郎はその剣幕に負け、慌《あわ》てていなくなった。

「ねえ、勝さん」

又四郎を見送ったお貞が言った。

「なんだよ」

「言ってもいいかな」

又四郎に向けていた微笑みを、今度は小吉のほうに向けてきた。

「言えよ」

「あいかわらず詰めが甘いよね」

お貞の言葉に小吉は頬《ほお》を赤らめた。

口説《くど》きに口説いて、あと、もうすこしでどうにかなりそうなときに、小吉は伊《い》勢《せ》参りに旅立ったのだ。この女にはけっこう本気で惚れていたにもかかわらず。

「おめえ、そういうこと、言ってろよ」

小吉はそう言い返すのが精一杯であった。

ぶっかけ飯の男

一

勝小吉が、檻《おり》の中で水づけ飯を食べている。

夏はこれをよく食う。こんなかんたんな料理はない。猫にだってつくれる。猫は食わないだろうが。

飯に、お茶のかわりに冷たい井戸水をかけるだけである。おかずはいろいろだが、今日は茄子《なす》の一夜づけと、しらすの佃煮《つくだに》である。

おかずをちょっと口に入れ、すぐに水づけ飯をすすり込んで、いっしょに嚙《か》む。これで何杯でも食べられる。

「うまそうですねえ」

見ていた早川又四郎が、思わずそう言った。

「うめえのなんのって、たまんねえな」

「ここは水もいいですしね」

「そうよ。水づけは、井戸水のよさも決め手なんだ」

そう言って、またさらさらっとすする。

「はあ」

　又四郎はため息までついた。

「おめえも食っていけばいいだろうが。水づけぐれえ、いくらでも食わせてやるぜ」

「さっき昼飯を食べてしまったんですよ。ここんとこ、夏肥《ぶと》りしてしまって、見《み》映《ば》えが悪くなりますのでね」

「まあ、おめえにとっちゃ見映えは大事だからな」

「そうですよ」

　早川又四郎はいま、養子口探しに必死である。

　もう二十歳《はたち》になってしまった。本当なら、十代、いや十歳前に決めたいところだったが、叶《かな》わなかった。二十歳過ぎると、養家から勤めに出る際、見習いにしては歳《とし》を食い過ぎていると見られがちである。養家が代々勤める職に、十七くらいで見習いに出るのが理想的だろう。

　だが、十七、八のころは、小吉たちとつるんで遊び呆《ほう》けてしまった。いまや、悔《く》やんでも悔やみきれない。

　そこで、このところはできるだけようすのいい恰好《かっこう》で、武家地をいろいろ歩き回っている。まだ婿《むこ》が見つかっていない武家の娘に、見染《みそ》めてもらうためである。

もちろん若い娘には、小肥りよりも、すっきりとした身体《からだ》つきのほうが好まれる。とくに夏場の肥った男は暑苦しい。なんとしてもあと一貫目《かんめ》（約三・七五キログラム）ほど痩《や》せたいところなのだ。

「それにしても、ぶっかけ飯はうまいぜ」

「勝さん、よく味噌《みそ》汁かけて食べてますよね」

「そうよ。だいたい深川《ふかがわ》飯は汁かけ飯のいちばんうまいやつだからな」

アサリの味噌汁とネギをご飯にかけた深川飯は漁師飯の定番だが、小吉は数年前、深川の漁師たちと喧嘩《けんか》になり、勝ったかわりにうまい飯を食わせろと言って、食わせてもらったのが初めてだった。以来、小吉の好物になっている。

「そういえば、わたしの知り合いにも、ぶっかけ飯しか食べないって男がいますよ。山田洋八郎《やまだようはちろう》と言って、御家人の次男坊です」

「知らねえな」

「そうでしょう。家は鳥越《とりごえ》のほうですので」

鳥越は、両国橋を西に渡って、すこし北に行ったあたりである。小吉の縄張りとは言い難い。

「そいつは本当にぶっかけ飯しか食べねえのか？」

「ええ。水づけか、茶づけ、それか汁かけ飯。一年中、ご飯だけで食べるってのはないんですよ」

「そばとかうどんは食うんだろ？」

「いや、そばもうどんも食べません。米の飯になんかかけて食うだけです」

「おいらだって、ぶっかけ飯はせいぜい一日一食だ。よっぽど好きなんだな」

全部ぶっかけにしたら、熱々の飯に納豆《なっとう》をかけて食ううまさや、握り飯にして食ううまさも味わえなくなる。それは勿体《もったい》ない話である。

「でも、いまの勝さんの食べっぷりを見たら、山田はぶっかけ飯が好きなのか、疑《うたぐ》りたくなりました。勝さんみたいにおいしそうに食べるところは見たことがありません」

「変なやつだな」

小吉に変なやつと言われたら、誰もが、

「あんたに言われたくない」

と、答えることだろう。早川又四郎も、あやうくそう言いそうになったが、なんとか堪《こら》えて退散した。


その翌日である。

納豆と味噌汁の朝飯をすませたところに、

「勝さん。大変です」

と、又四郎が駆けつけて来た。

「なにが？」

「昨日、山田洋八郎の話をしましたでしょう？」

「ぶっかけ飯しか食わねえって野郎のことか？」

「そうです。その山田が、昨日、死んでしまったんです」

又四郎がそう言うと、小吉は、

「ふうん」

と言って、西瓜《すいか》にたかった蠅《はえ》でも見るような、嫌《いや》な目つきで又四郎を見た。

「え？　なんです。その目つきは？」

「おめえが殺したんだろう」

「な、なにを言うんですか」

「だって、ちょうど話が出たその日に死ぬなんて、それはおめえが殺したんだろうが。でなきゃ、そんな偶然はありえねえよ」

「偶然ですよ。だいたい、死んだのは昨日のちょうど昼ごろ。わたしがここにいた時分なんです」

「へえ」

　小吉はようやく疑いを解いた。

　考えてみれば、又四郎は小吉の尻馬に乗れば多少荒っぽいこともやれるが、一人で誰かを殺すなんてことがやれるたちではない。

「しかも、おかしな死に方だったんです」

「どんな？」

「山田はそのとき、小普請組《こぶしん》の組頭《くみがしら》と外で立ち話をしていたのですが、急に驚いたような顔をすると、胸をかきむしって苦しみ始めました。それでも、一旦は落ち着いた素振《そぶ》りを見せたのです。ところが、ちょっとすると今度は正面を見つめたと思ったら、さっきよりも大げさにびっくりしたような顔をしたようです」

「ずいぶん驚くやつだな」

「二度目に驚いたあと、山田はこう言ったそうです。やられた、と」

「やられただと？」

「はい。そして、そのまま息を引き取ったのだそうです」

「そりゃあ、おめえ、殺しだよ」

小吉は爛々《らんらん》と光る目で言った。

二

小吉に頼まれたことをいろいろ訊《き》き歩いた早川又四郎が、もう一度、檻の前に来たときは、すでにお昼を回っていた。

「どうだった？」

と、答えを急《せ》かす小吉を待たせ、又四郎は井戸端で半裸になって水を浴びた。

「いやあ、この暑いのに大変でした」

「それが身体にはいいんだ。どことなく精悍《せいかん》な感じになったぜ。若い娘に声をかけられたりしなかったか？」

小吉はお世辞《せじ》を言った。なにせ、こうして頼みを聞いてくれるのは、いまや又四郎しかいない。

「目が合ったのは二人ほどいたのですが」

「声をかけたのかよ？」

「知らない娘ですよ」

「あれ、勝さまのところのお嬢さまでは？　とか、適当なことを言うんだよ。話のきっかけなんか、なんでもいいんだから」

「なるほど。今度はそうします」

「それで、山田洋八郎はやっぱり殺しだったろう？」

「いやあ、わたしには判断がつきませんね」

「判断はおいらがするから、おめえは見聞きしたことだけ伝えてくれたらいいんだよ」

「まず、組頭の犬塚四郎兵衛《いぬづかしろべえ》という人に会ってきました。やられたという台詞《セリフ》ですが、それだけで、誰にとか、なにをやられたとかは、いっさい言ってなかったそうです」

「ふうん」

小普請組の組頭は大勢いて、その犬塚という男とは面識がない。

「それで組頭は、山田が倒れるとすぐ、医者を呼んで来ました。その医者の話も聞いて来たのですが、駆けつけたときは、すでに息を引き取っていたそうです。外傷はまったくありませんでした」

「毒は？」

小吉がいちばん怪しんだのはそのことだった。

「毒というのは、たとえばきのこの中毒とかはなかなか見た目で判断するのは難しいらしいです。ただ、嘔吐《おうと》もなかったし、しばらく苦しんだりもしなかった、それに皮膚の変化などもなかったので、毒はまずないだろうと言ってました」

「じゃあ、なんだよ？」

「なにかの加減《かげん》で急に心ノ臓が止まったとしか考えられないと」

「ううむ」

小吉は腕組みし、しばらく考えると、

「お化けでも出たかな」

「真っ昼間に？」

「真っ昼間に出たら、怖《こわ》いだろうが」

「そりゃそうですが」

「本物じゃなくてもいいんだ」

「贋《にせ》のお化けを見て、びっくりして心ノ臓が止まったと？」

「考えられるだろ？」

「いやあ、山田はお化けなど怖がる男じゃないですよ。見つけたら喜んで退治するようなやつです」

「おめえはわかってねえよな。ふだん粋《いき》がっているようなやつに、けっこうお化けを怖がるのは多いんだぜ」

「そうですか。でも、組頭は周囲を見たが、なにも怪しい者はいなかったと」

小吉もさすがにお化けというのは馬鹿馬鹿しいと思い、ぽんと手を叩《たた》いて、

「金は取られていねえよな」

と、話を変えた。

「金？」

「組頭が抜いたかもしれねえだろ。すると、組頭下手人説も考えられる。それだといいんだがなあ」

「どうしてです？」

「黙っていてやるかわりに、おいらを推挙《すいきょ》してもらい、役付きになれば、いくらなんでもここから出してもらえるだろうが」

「組頭にもう一度会って、訊いてみてくれ。山田の巾着《きんちゃく》はどうしました？　って」

「はあ」

「そんなことは訊けませんよ」

「頼むよ」

小吉が手を合わせても、又四郎はそっぽを向いている。

「山田が小普請組の組頭と話していたのは、なにか理由があったのか？」

「ええ。あいつは八十石の御家人の跡取り息子なんですが、以前は槍《やり》組に出ていたんです。それが怪我《けが》をして、しばらくお役御免になってしまったんですよ」

「ふうん」

羨《うらや》ましい境遇ではないか。

だいたい、御家人のくせに八十石ももらっているのはどういうことか。勝家などは旗本なのに四十一石しかない。

「それで、もう一度、出仕《しゅっし》できそうな話になっていたみたいです」

「誰かが役目に付くってことは、ほかの誰かがその役目に付けないってことだよな。あるいは、いままでの役目を辞《や》めるってことだ」

「そうですね」

「山田が職を得ると、誰かが損をする。そいつが下手人だろうよ」

「ははあ」

「おめえ、そこらのことも突っ込んで訊いてみてくれ」

「また汗かくのですか？」

陽《ひ》はやや西に傾いた。だが、ここからさらに暑くなるのだ。


又四郎は西陽にまみれながら帰って来た。

またもや井戸端で顔と身体を洗い、

「行って来ましたよ」

と、うんざりしたように言った。

「ああ。おめえ、今日一日で目標の一貫目くらい痩せたんじゃねえか」

「だったら嬉しいですがね」

「いい男なのに、なんでもてないのかな。養子の口なんざいくらでもありそうだがな。目は合わなかったかい？」

「目が合った娘はいました」

「声かけたんだろ？　勝家のお嬢さんではありませんかとか」

「かけましたよ。そのとおりに」

「話がはずんだだろ？」

「いいえ。いまどき、そんな手口で声をかけるなんて流行《はや》らないって言われました」

「あ、そう」

「そういう軽薄なことは、町人の娘にやってくれと。それから、ここらの年ごろの娘には、連絡を回しておくとも言われましたよ。これこれこういうことを言って声をかけてくる男には気をつけろって」

「そりゃまたお堅《かた》い女に当たったもんだな」

「養子の道は遠いですね」

又四郎はすこし涙目になって言った。

「おれも、檻の中からでもいろいろ当たってやるよ。そういえば、おめえの好みって聞いたことがなかったよな」

「わたしは、女にはちょっとうるさいんです」

「へえ、どんなふうに？」

「わたしは、女は足から見ていきますよ」

「そりゃあ、ほんとにうるさそうだな」

「足の指のあいだに垢《あか》がたまっていたり、黒ずんでいたりしたら、それだけで興《きよう》醒《ざ》めです。とにかく足はきれいで、指が行儀よく前を見ていて、爪《つめ》もきちんと切ってあって、それで肉付きがよかったら最高です」

「そんな足の女はいくらでもいるんじゃないのか？」

「わかってないなあ、勝さんは。足のきれいな女は、わたしが数えたところではだいたい三百人に一人です」

「そうなのか」

「足の次は腰です」

「そりゃ、おめえ、五十年も吉原通いした爺《じじ》いの言うことだぜ」

「そうですかねえ。でも、腰回りのきれいさは、女の花の部分でしょう」

又四郎はうっとりした目で言った。

「ほう、そうかい」

「着物の上からでも、腿《もも》の肉づきのよさがわかるんです。そして、後ろに回って、尻がぷくんと盛り上がって……あ、めまいが」

「大丈夫か？」

「大丈夫です。そして、いよいよ胸元です。あのこんもりしたたたずまい。いまどきの浴衣《ゆかた》の季節はもうたまりませんよ！」

「わかった。つまり、おめえはぽっちゃり型の女がいいんだ？」

「ぽっちゃり？　ああ、たまらないですね」

「肝心の顔の好みはどうなんだ？」

「顔？」

「顔の好みがわからないと、捜《さが》すのは難しいぜ」

「足からいきますので、正直、顔にいくころは疲れてしまって、どうでもよくなっているんです」

「顔はどうでもいいのか？」

　小吉は呆《あき》れたように訊いた。

「そうですね」

「そりゃ、おめえ、おいらが外に出たら、山盛りにしておっつけてやれるぜ。まずはおいらを外に出すことに全力を注ぎな」

「わかりました」

「それで、頼んだことは訊いてきたんだろ？」

「はい。まず、山田の金は抜かれていなかったかと訊きますと、相当にムッとした顔をしまして」

「なんだよ。やましいことでもあるんじゃねえのか」

「そんなことは気にもしなかったが、山田の家族も金のことはなにも言ってなかったので、奪われたりはしていないはずだと」

「そうか」

なにか中途半端な答えだったが、小吉もこれ以上突っ込むのは諦《あきら》めた。

「それで、倒れたときの周囲のようすも訊きました。山田は前を睨《にら》みつけているようだったので、組頭もすぐ振り向いて、周囲を確認したそうです」

「へえ、賢《かしこ》いじゃねえか」

「でも、誰もいなかったそうです。もちろん、槍や長い棒を持った男もいませんでした。二人は三味線堀《しゃみせんぼり》のほとりにいたのですが、暇《ひま》そうな武士が釣りを楽しんでいるだけだったそうです」

「武士か。そいつが臭いなあ」

小吉は首をかしげた。

「山田を推挙しようとしていた役目のことも訊きました。今度のお役目のことで組頭たちがいちおう面接したのは七人いたそうです」

「七人！　そんなにいるのか。勝ち残るのも大変だな」

「でも、ほぼ、山田で決まりになっていたそうです」

「ほう」

「そいつらを全員、一人ずつ連れてきましょうか？」

「馬鹿。そんな暇はねえよ」

小吉がそう言うと、

「暇だと思いますが」

又四郎は、つぶやくように言った。

三

「こりゃあ難しい事件だよな」

小吉は考え込んでいる。

檻に入ってから、ずいぶんいろんな謎を解いたけれど、これはかなり難しいほうに属する気がする。

「あっ」

又四郎がふいに大きな声を上げた。

「なんだよ」

「いや、もしかしたら医者が下手人なんじゃないですか？」

「ほう」

「だって、わたしらが聞かされるのは、すべて医者の都合のいい話かもしれませんよ」

「どういうことだ？」

「傷がなかったの、毒ではないだのと、医者を信じたから難しくなったんです。だが、ほんとは小さな刺し傷があったかもしれないし、中毒した反応もあったのかもしれない。なんせ、わたしたちは医者の言うことは鵜《う》飲《の》みにするしかしょうがないんだから」

「ま、考えは面白いが、それはねえな」

「どうしてです？」

「医者はたまたま呼ばれて来ただけだろうが」

「そりゃそうです」

「しかも、医者ってのは、具合が悪いけど、どうにか生きつづけてるっていうのが、いちばん儲《もう》かるんだ。死んだら一銭にもならねえ。よほどじゃねえと殺さねえよ、医者は」

「そうか」

又四郎は、子どもみたいに落胆した。

「手がかりがないわりに、死に方がおかしいんだよなあ」

「そうですね」

「おいらがその山田洋八郎に会ったことがあるならまだしも、顔も知らねえんだから」

「顔はこんな感じですかね」

又四郎はそう言って、眉と目を真ん中に集めるみたいにした。

「そんなんでわかるか。もうすこし、どういう男か言ってみてくれ」

「そうですね。とにかく口八丁、手八丁。なんにでも首を突っ込み、つねに目立たないと気がすまないという男ですよ」

「ふうん」

「とにかく勝ち気です」

「勝ち気ねえ」

「ときどき突飛なことをしでかして、周囲を呆れさせます」

「突飛なことをな」

「子分みたいなやつをいっぱい従《したが》えていると機嫌がいいです」

「親分気質《かたぎ》か」

「あれ？　なんだか勝さんにも似てますね」

「余計なことはいい」

　じつは、聞いていて、自分でもそう思った。

「勝さんほど喧嘩《けんか》は強くないですがね」

「だが、そういうやつは、けっこう無理してるんだよな」

「無理を？」

「ああ、つっぱらかってるけど、内心では自分にうんざりしているところもあるんだ。なにか、苦手なものはねえのか？」

「苦手なものねえ」

「たとえば、学問とか」

「いや、学問はできてました。勝さんと違って、学問所の成績はよかったそうですし、勝さんと違って、字もちゃんと読めます」

「いちいちおいらと比べるな」

「そうそう。わたしは見たことがないですが、槍の名人という評判もありましたし」

「槍の名人かよ。だったら文武両道じゃねえか」

「そうですね。それに誰にも親切だから、恨まれるってのも……あ」

「どうした？」

「そういえば、山田の友だちで、十狩《とがり》という男がいるのですが、そいつは変なこと言ってたなあ」

「なんて？」

「山田のやつ、最近、冷たいんだって。なにか、嫌われることでもしたのかなって気にしてましたっけ」

「ほう」

「でも、十狩ってのは、やたらともらい煙草《たばこ》をするやつでしてね。皆から嫌われているんです」

「じゃあ、それだろうよ。あとはやっぱり、ぶっかけ飯しか食わねえってのは気になるよな」

「好きだっていうより、ただせっかちなんじゃないですか。ぶっかけ飯なら、あっという間に食べ終えるでしょ？」

「そりゃまあ、おめえが息を二回するくらいのあいだに、おいらは飯一杯をかっこめるけどな」

「そんなに飯を早く食っても、ほかにすることはないのに……」

又四郎は慌《あわ》てて言葉を飲み込んだ。

小吉と又四郎が考え込んでいると、女房のおのぶがやって来て、

「いまから、おババさまと近くの婚礼の手伝いに行かなくちゃならないの。麟太郎を預かっててくださいな」

と、言った。

「ああ、かまわねえよ。ほら、麟太郎、入んな」

檻を開けてもらい、麟太郎がよちよちと中に入ってきた。

「ご飯も食べさせておいてください」

と、二人分の晩飯も置いていった。

鱗太郎は腹が減っていたらしく、さっそく食べはじめた。

鱗太郎も汁かけ飯である。というより、小吉が汁をかけてしまったのだ。おババに見られたら、行儀が悪いと怒られるに違いない。

だが、鱗太郎は眠くなってきたのか、今日はやけに箸《はし》づかいが危なっかしい。芋《いも》のかけらをつまんでも、うまく口に寄せられない。

「おい、気をつけろよ。目を突っつくなよ」

「イモ、イモ」

「おい、危ないって」

小吉はとても見ていられない。

「匙《さじ》はねえのか、匙は。又四郎、おめえ、台所から匙を探して持って来てくれ」

そう言ったとき、小吉は、

——ん？

ふいに頭でも殴られたような気がした。

「おい、又四郎。山田洋八郎はぶっかけ飯を食うとき、箸を使ってたか？　匙で食ってなかったか？」

「あ、そうです。匙で食ってました」

「ははあ」

「それがどうかしましたか？」

「急に、嫌われた野郎は十狩っていうんだな」

「ええ」

「わかった！」

小吉がぱんと、手を打った。

それを合図にしたみたいに、鱗太郎はさらさらと、上手に汁かけ飯を食べ始めた。

四

翌朝――。

小吉の檻の周りは大わらわだった。

檻全体に薄い板を張っている。

というのも、小吉の暮らしている檻を檻には見えないようにしようというのである。

昨夜、小吉が組頭の犬塚に会いたいと言い出したのが発端だった。

「でも、呼びつけるのは失礼じゃないですか?」

又四郎はそう言ったのである。

「だからと言って、檻をかついで会いには行けねえだろうが。いいよ。山田洋八郎の殺しについてご説明したいと言えば、向こうだって来ずにはいられねえよ」

「そうかもしれませんね」

「それで、おいらが山田殺しをずばり解決し、犬塚さんのほうから、役付きについて口添えしてもらおうじゃねえか」

「ははあ」

「ただ、この状況はまずいよな」

「座敷牢《ざしきろう》ですか」

「ああ」

「でも、出してもらえないんでしょう?」

「そうさ。よし、こうしよう。ごまかせばいい」

「どうやって?」

「板を打ち付けて、檻ではなく、箱に入っていることにしよう」

と、そういう決定を下したのだった。

作業自体は難しくはなかった。又四郎が一人で、板を打ち付けるだけなのだから。

「よし。これでいいや」

小吉が顔を出す枠一つ分だけが空《あ》いている。

「それで、おいらは病でこの中に臥《ふ》せっているんだ」

「ははあ」

「病にもかかわらず、山田殺しに知恵をしぼった。その犬塚って人も感激するんじゃないかね」

期待を込めて言った。

「でも、こんな箱の中に閉じこもる病ってなんですか？」

「陽に当たるとよくない病なんだ。それで、できるだけ陽が差し込まないところで、横になってなくちゃならねえのさ」

「そんな病の男を役に付けようとしますかね？」

「馬鹿。十日も寝てれば治るってことにしたらいいだろう」

「そうですか」

又四郎は渋々《しぶしぶ》承知した。こうなると、反論しても無駄なことはわかっている。

「暑いな。風がまったく通らねえ」

「そりゃそうでしょう。しかも」

「しかも、なんだよ？」

「座敷牢よりもっと異様な感じがしますよ」

「しょうがねえだろうが」

「すこし、模様のようなものとか、壁画みたいにしたほうがいいかもしれませんよ」

「壁画なんか、おめえに描けるのか」

「やってみましょうか」

又四郎は、板に墨で絵を描きはじめた。

富士山《ふじさん》と三保《みほ》の松原《まつばら》らしい。

だが、どう見ても、水たまりにおむすびを落としたようにしか見えなかった。

「こ、これは」

夕方やって来た組頭の犬塚四郎兵衛は、この奇妙な家を一目見て、絶句した。

「これがその家なんです」

いちおう又四郎は、説明しながら来たのだが、じっさい目《ま》の当たりにすると、やはり驚いてしまうのだろう。

だが、犬塚は、

「勝も大変だな」

と、やさしく小吉をねぎらった。

犬塚は、なかなか人格的にも優れた男のようだった。にこやかだが、どこか威厳も感じられる。

小吉が属する組の頭も、人格は立派なものである。だが、なまじ人格者だと、小吉のような男は役に推挙してくれなかったりする。だから、組頭などというのは、ろくに人間なんか見やしない、お調子者がなってくれるといちばんいいのである。

「勝は、山田洋八郎の死を殺しと見たそうだな」

「ええ。間違いありませんよ」

「だが、あのときいっしょにいたのはわしだけだ。わしが殺したというのか？」

「いや、違います。二人だけといっても、いたのは往来でしょ？」

「往来といっても三味線堀のほとりでな、あのあたりは町人地が少ないので、通る者などほとんどいなかったぞ」

「人っ子ひとり？」

「そこまでいなくはないが、堀の向こう岸で釣りをしている者が一人いただけだったな」

「ううむ、釣りですか」

小吉は檻の中で腕組みして考え込んだ。

外からだと、小さな枠一つ分しか見えておらず、しかも中は暗い。

組頭は心配そうに中をのぞき込み、

「変わった病にかかったもんだな。大丈夫か？」

「ええ。病なんざどうってことありませんよ。それより、山田が倒れたとき、なにか音はしませんでしたか？」

「音？」

「なにかを振り回すような音です」

「いや、しなかったな。あっ」

「どうしました？」

「そういえば、山田が驚いた顔をしたとき、瞳《ひとみ》の奥がきらっと光ったような気がしたな」

「光った？」

「針の先が見えたような感じかな」

「おっ、それは面白いですねえ。山田は、槍の名人だったそうですね」

「槍だけじゃない。弓の名人でもあった」

「あ、弓もですか。そうか、弓もねえ」

小吉は嬉しそうな声を上げた。

「弓がそんなに大事なことか？」

「ええ、大事も大事。そうか、槍で考えていたのでわからなかった。弓もやったとなると、話は違ってきますよ」

「なんのことか、さっぱりわからんな」

「いや、これですべてわかりました。そうか、うまくやりやがったなあ」

小吉は一人で膝《ひざ》を叩いて喜んでいる気配である。

犬塚は又四郎と顔を見合わせ、大丈夫かというふうに首をかしげた。

「さっき、釣りをしている武士がいたとおっしゃいましたが、釣れてましたか?」

と、小吉が訊いた。

「あ、そういえば、釣れていたよ」

「下手人はそいつですよ」

「魚釣りしながら?」

「違います。そいつが竿《さお》をしならせているように見えたのは、じつは釣り竿じゃないんです」

「なんなんだ?」

「弓だったんですよ」

「弓?」

「ええ。そいつは、山田に弓を射かけたんです」

「矢なんか飛んで来なかったぞ」

「矢の尻に細い紐《ひも》をつけていたんです。そうしたら、まっすぐ飛んで来て、途中でぴたっと止まってしまう。だが、狙われたほうでは、そのまま自分のほうへ突き刺さって来たかと錯覚します」

「それで、心ノ臓が止まったと？」

組頭は信じられないという顔をした。

「山田洋八郎は、ぶっかけ飯しか食べなかったことは知ってますか？」

「ああ、知ってるよ」

「山田は箸が駄目だったんです。箸だけじゃねえ。とにかく、なんらかの原因で、いつの頃からか尖《とが》ったものが怖くなったんですよ。だから、箸を使わずに匙ですくって食べられるぶっかけ飯しか食わなかったんです」

「尖ったものが苦手なのか」

「十狩って友人に急に冷たくなったのもそのせいです。名前で尖ったものを連想してしまうからです」

「そんな恐怖ってあるのか？」

「あるんです。一度、槍をつきつけられたり、弓矢で狙われたりすると、恐怖が心の底に残るんです。山田ってのは、槍が使えるのを誇りにして、突っ張らかって生きてきた。ところが、あるとき、それが逆に恐怖のもとになったりするんですよ」

小吉自身にも、いくつかそういうものはある。

だが、誰にも言わない。それは弱みを見せることになってしまうからだ。心に溜《た》め込めば、恐怖はどんどん増大する。やがて、箸の先っぽまで怖がるようになってしまった。

「だが、恐怖で泣き叫んだりするならまだわかる。それで、そんな悪戯《いたずら》みたいなことで死ぬかねえ？」

犬塚は疑問を語った。

ここをうまく説明できなければ、この殺しは笑い話みたいにされてしまう。

「こんな話は知りませんか？　首を斬《き》ると宣告された武士に目隠しをするのです。それから、行くぞと声をかけ、濡《ぬ》れ手拭《てぬぐ》いでぴしっと首を叩くと、それだけで人は死んでしまうそうですよ」

「なるほど。恐怖で本当に斬られたと思ってしまうわけか」

「山田は続けざまに二度、死ぬより怖い、先の尖った矢を打ちかけられたのです。さぞや、怖《おそ》ろしかっただろうと思いますぜ」

「思い当たる男がいる。ちと、訊《たず》ねて来よう」

犬塚は真剣な顔で、檻の前から去って行った。

一刻半（約三時間）ほどして――。

犬塚四郎兵衛はまた、小吉の檻の前にやって来た。

「どうでした？」

「今度、わしが推挙することにしていた西の丸の護衛には、あいつとずっと弓と槍を競い合った男がいた。そいつを問い詰めたら、吐《は》いたよ。山田にはずっと勝てないし、頭が上がらなかった。また、同じ部署に来られたら、たまらないと」

「そいつは、山田が尖ったものが苦手だというのは知ってましたか？」

「最近、知ったようだ」

「なるほどね」

「見事な謎解きだった」

犬塚は言った。

「ありがとうございます」

「これは、檻か？」

「気がつきましたか」

「それは気がつくさ」

と、犬塚は笑った。

「お恥ずかしい次第ですが」

「勝。おぬしは役付きを望んでいるのだろう。ここから出るきっかけにもなるしな」

「ぜひ、お口添えを」

小吉は素直に言った。

「ううむ」

と、犬塚は唸《うな》り、

「残念だが、わしにはできぬ」

と、すまなそうに言った。

「どうしてです？」

「おぬしは、確かに頭が切れる。無類と言っていいだろう。だが、人ってのはあまり切れ過ぎると、周りにいる人間が傷つくんだ。情けないが、太平のときの武士の世界なんて、そんなものなんだ」

「くだらねえですね」

小吉は吐き捨てるように言った。

その思いはいつも味わってきた。どうでもいい序列や礼儀に人を押し込め、小さな人生を生きさせて、どうにか無事を保とうとする人たち。小吉がときおり無性に暴れたくなるのは、そうした連中への異議申し立てのようなところもあるのではないか。

「そう。くだらねえのさ。惜《お》しかったな。勝小吉がもし、乱世に生まれていたら、さぞや必要とされる男になっただろう。同じ能力を持って生まれても、時代が違えば、果たす役割もまったく違ってしまう」

「…………」

「さっきそこで遊んでいたおぬしの倅《せがれ》」

「ええ。麟太郎と言います」

「あの子も相当切れそうだった。あの子が大人になるころ、ちょうど世が乱れていたりするといいのだがな」

組頭は、枠の中の小吉をのぞき込みながら、本当に残念そうに言ったのだった。

眠れる木の上の婆《ばば》あ

一

「ねえ、お前さま。うちのババ様の友だちにおかしな人がいるんだよ」

と、妻のおのぶが座敷牢《ざしきろう》の中にいる勝小吉に向かって言った。

「そりゃあ、類は友を呼ぶってやつだろうよ」

小吉は興味なさそうに言った。

小吉は横になっていて、その腹の上には麟太郎がいる。麟太郎は小吉が足を伸ばすと、その足によじ登ったり、膝《ひざ》を立てれば、そこを滑《すべ》り下りたり、小吉を大きな玩具《おもちゃ》がわりにして遊んでいる。

おのぶはというと、檻《おり》のわきで裁縫《さいほう》などはじめている。

一家団欒《だんらん》。平和な光景なのである。あいだに檻さえなければであるが。

「でも、聞いてよ」

「なんだよ」

おババのことなど、悪いがどうでもいい。

なにせ、七歳で勝家に養子に入ったときから、あの養祖母であるおババにはずうっと意地悪をされてきた。

　おババからしたら、勝家の跡取りとして立派な武士にさせたい一心だったのかもしれないが、小吉からしたら、意地悪、苛《いじ》め、その類《たぐ》いとしか思えなかった。
　十二、三歳あたりまでは、反抗心が先立った。あのころの悪さは、おババを苦しめたい、悩ませたいという思いのせいだったかもしれない。
　これが、十七、八あたりになると、もうどうでもよくなった。あの糞《くそ》ババアのことはいっさい考えないようになった。

　それはいまもつづいている。おババのほうも、小吉はすでに子どもではないから、言っても無駄と悟ったらしく、ほとんど口もきかない。

　だから、いまさら小吉がおババの知り合いにおかしな人がいると言われても、耳はぴくりとも動かない。

　ところが、おのぶはそんな小吉の思いは気にせず、勝手にべらべらと、そのおババの友だちのことを話しはじめていた。

「なんでも、この夏から急に、庭の松の木の上で寝るようになったんだって。かなり高い松の木なのよ。聞いてる？　木の上で寝るのよ。馬鹿みたいと思わない？」

「まあな」

と、返事をしたが、言葉は皆、耳の中を通り抜けていく。

「歳《とし》はうちのババ様といっしょで七十前後だから、梯子《はしご》をかけても、上がり下がりにはけっこう苦労するみたいね。それでもどうにか登ると、ちょうど木の枝が三方に張り出して、小柄な老婆が横たわれるくらいの広さになっているところがあるんだって。そこに横になって眠るわけ」

「木の上でお寝んね、お寝んね」

小吉の隣にいた麟太郎が、はしゃぐように言った。

「麟太郎、面白い？」

おのぶが訊《き》くと、

「すっごくおもちろい」

と、答えた。

「ほら、麟太郎も面白いって」

「麟太郎に、わかるわけねえだろうが」

そうは言ったが、麟太郎というのは、親の欲目《よくめ》があるにしても、かなり賢《かしこ》い子どもである。その麟太郎が興味を持つ話なら、小吉もなおざりにはできない気が

してきて、

「なんだと、おババの友だちのババアが木登りが好きだって？」

と、あらためて訊いた。

「そうじゃないのよ。木の上で寝るようになったの」

「木の上で寝る？　なんでまた？」

「涼《すず》しいからって言ったらしいんだけど、木の上で寝たからって、とくに涼しそうには思えないのよね」

「蚊《か》だの虫だので、逆によく眠れねえだろうよ」

「ババ様も、あれは嘘《うそ》だって言ってた。でも、ババ様にはなんでも正直に話すのに、これだけは理由を隠すのはおかしいって」

「そりゃあなにか後ろめたいことがあるからに決まってるだろうが」

「そうだよね」

と、おのぶも疑いは持っているらしい。

「そのババアはなんていうんだ？」

「ほら、お前さまも知ってるでしょ。麒麟子《きりんこ》さんよ」

「麒麟子？　ああ、あの妙なババアか」

勝家のおババの昔からの友だちである。若いころは美人だったと誰かが言っていたが、とてもそんなふうには見えない。目がやたらとぎょろぎょろして、それで流し目をする癖《くせ》があるから不気味な感じもある。

名字は色部《いろべ》といって、やはり貧乏旗本の家柄である。といっても百石取りだから、勝家ほど窮《きゆう》してはいない。

さらに、男の子ができず、養子をもらったら、とんでもないやつだった不運に悩まされていて、互いに愚痴《ぐち》を言い合ううち、すっかり親しくなったらしい。

それぞれの家を行き来するより、そこらで会って話すことが多く、小吉も以前、大川《おおかわ》の縁に腰かけて、饅頭《まんじゆう》食いながらくっちゃべっているのを見たことがある。

「だいたい、麒麟子なんて薄気味悪い名前をつけてるから悪いんだ。麒麟てえのは唐土《もろこし》の妖獣みたいなやつだぞ。ババアにつける名前じゃねえだろうよ」

「昔からババアだったわけじゃないでしょ」

おのぶがそう言うと、麟太郎が深くうなずいた。二歳の子どもに話がわかっているのだろうかと、小吉は首をかしげる。

「そういえば、うちのおババに名前あったっけ?」

子どものころ聞いた気がするが、すっかり忘れている。いまでは、おババが名前のような気がする。

「やあね。勝代《かつよ》っていうんじゃない」

「勝代？　名字が勝《かつ》だろうが」

「そう。勝勝代」

「勝勝代！　だから、暮らしはいつも、かつかつよってか」

小吉はひとしきり、檻の中で転げまわって笑った。

「だから、あまり言いたがらないの」

「性格が変なのは、名前が変だったからか。ご先祖も罪なことをしたもんだぜ」

「境遇だけでなく、名前も変わってる者同士だから、親しくなったのかもしれないわね」

「それで、勝代婆《ばあ》さんは、麒麟子婆さんがなんで木に登るって言ってるんだ？」

「わかんないんだって」

「麒麟子婆さん、惚《ぼ》けてきたんだろうよ」

「惚けてなんかいないわよ。川柳づくりに励《はげ》んで、最近も『柳多留《やなぎだる》』にいっぱい載《の》ったらしいわよ。惚けてたら、川柳なんかつくれっこないでしょう」

「ふうん」

まあ、そのうち寝ているときに木から落ちて、怪我《けが》をしたなんてことで終わる話だろう——と、小吉は思った。

二

ところが、その数日後——。

「ねえ、お前さま。麒麟子婆さんが、木からいなくなったんだって」

と、おのぶが言ってきたのである。

「下りてどこかに行っただけだろうが。いなくなったとか言うな」

「そうじゃないのさ。ほんとにいなくなったんだよ」

おのぶの後ろで、おババの声がした。小吉に直接、話しかけるのはひさしぶりである。

「なんでえ、勝勝代さんじゃねえか」

小吉はからかうように言い、

「どういうわけで、いなくなったとか言うんだよ？」

「麒麟子さんの孫が夜中に帰って来て、松の木に梯子がかかっているのを見ると、なんでこんなところに梯子がかかっているんだと、はずして元あったところにもどしてしまったのさ。そのとき、ちらっと上を見たら、動くものがいたが、おおかたふくろうかなにかだろうと、気にも留めなかったんだと。そのあと、養子が帰って来たのさ」

「それでなんだよ」

「麒麟子さんは家にいないんだよ。孫のほうは、麒麟子さんも可愛《かわい》がっているし、仲もいいんだ」

「だから？」

「残りは養子ただ一人。どう考えても、あの馬鹿養子が、麒麟子さんを殺し、どこかに捨ててきたに違いないんだ」

おババは憤慨した口調で言った。

「殺しただと？　なんか証拠はあるのかよ？」

「証拠はないけど、あたしゃ、麒麟子さんがここらへんで勝代ちゃん、なんとかしてって頼んでいる気がするのさ」

おババは自分の左肩あたりを指差した。

「ねえ、お前さま、こういう謎解くの、得意でしょ。解いてあげたら？」

わきからおのぶが言った。

「馬鹿野郎。そんなことして、おいらになんの得があるんだよ。嫌なやつの手伝いするくらいなら、昼寝してたほうがましだ」

おババに聞こえよがしに言った。するとおババは、

「麒麟子さんの弟は、作事方《さくじがた》の勘定役《かんじょうやく》をなさってるんだよ」

と、小吉に聞こえるか聞こえないかくらいの声で言った。

「なんだと」

小吉は耳がいい。

「解決したら、おそらくその作事方に入れてくれるだろうね」

それすなわち、この檻から出られるということである。

気持ちはぐっと傾いたが、

「だったら、なんでてめえの義理の息子をそこに入れねえんだよ？」

当然の疑問を言った。

「もちろん、入れたさ。でも、その養子ときたら怠け者で、入ってひと月で仮病。以来、数十年ぶらぶらしつづけ。もちろん、いまは小普請組《こぶしんぐみ》さ」

小普請組のところを思いっ切り強調して言った。小普請組は具体的な仕事はなにもなく、単なる待機組にすぎない。

「なるほどな」

と、小吉は言った。

「やってくれるのかい?」

おババが横を向いたまま訊いた。

「やってやろうじゃねえか」


確かにその義理の息子――色部玉八郎《たまはちろう》という名だそうだ――が怪しい。だが、小吉はその男を知らないので、判断のしようがない。

「そいつは家にいるのか?」

「いるよ。もちろん、ぶらぶらしてるんだけど」

と、おババは答えた。

「もし、麒麟子婆さんになにかしたのなら、どこか態度に出るにちがいねえ。そうだ。又四郎に探らせるか」

というわけで、早川又四郎が呼ばれた。

「いやあ、勝さん。ちょうど今日あたり顔を出そうと思っていたんですよ」

三日ほど顔を見せなかった又四郎は、言い訳するように言った。

「そいつは都合がいい。ちっと、怪しい男をつけまわしてもらいてえんだ」

「男ですか」

「なにがっかりしてるんだよ?」

「いや、怪しくても、あとをつけるなら女のほうがいいなと思いまして」

「女のあとなんざ、勝手に見つくろって、いくらでもつければいいじゃねえか」

「そういうわけにはいきませんよ」

「ま、おいらがここから出たら、いくらでも見つけてやるよ」

いつもの餌《えさ》をぶら下げられた。

さっそく色部の家に向かい、うまく出かけるところに行き合ったのか、又四郎はなかなか帰って来ない。

夕方になって――。

「いやあ、なんというか、たらたらした御仁《ごじん》ですねえ」

と、呆《あき》れ顔で帰って来た。

「どういうことだ」

「暢気《のんき》な一日です。まず屋敷を出ると、両国の広小路に行きました。東詰から西詰をゆっくりご見物です。とくに、見世物小屋はたいがいは入りました」

「なにしてるんだ？」

「さあ。わたしは入りませんよ。いちいち木戸銭払っていたら、かなりの額になってしまいますのでね。それとも、出してもらえるんですか？」

「いや、無理だな」

「でしょう。ですから、入るのを見て、出るまで外で待ってました。ただ、不思議なのは色部は木戸銭を払わないみたいなんです」

「なんだと」

「軽くうなずいて、すうっと入ってしまうんです」

「なんだ、そりゃ？」

「木戸番も催促すらしませんし」

「おいらだって見世物小屋にタダで入ったりはしなかったぞ」

両国広小路は、本所の庭みたいなものである。本所の勝小吉といえば、両国でもかなり顔が利いた。そんな小吉ですら、ちゃんと木戸銭は払っていた。

「そうですよね」

「しかも、両国の見世物小屋あたりは、やくざとつるんでいるところも多いんだ。木戸銭くらいのことでいちいち喧嘩《けんか》してたらきりがねえ」

「そうですよね。ところが、色部はそれから浅草《あさくさ》の奥山《おくやま》に行きましてね。ここでももっぱら見世物小屋をのぞいたのですが」

「まさか、おい？」

「ええ。奥山の見世物小屋もタダ」

「なんてこった」

小吉は唸《うな》った。

「どういう人なんですかね」

「貧乏旗本だが、陰にまわると、やくざの親分とか」

檻に入る前の小吉を、そんなふうに思っていた連中もいたはずである。

「そんなんじゃありませんよ。木戸番もやくざに対する態度じゃないんです。あ、勝手に入んなって感じで」

「色部は強面《こわもて》か？」

「いいえ、まったく。歳はもう四十くらいでしょうが、穏やかそうな、むしろ気の弱そうな顔をしてますよ」

「両国ばかりか、浅草もか」

「縄張りにしちゃ広すぎますよね」

「わからねえな」

首をかしげるばかりである。

小吉は又四郎が帰ると、このところ身体《からだ》がなまらないようにやっている訓練を始めた。

檻の枠を両手両足の指で摑《つか》み、やもりのように格子の内側を伝ってぐるぐる回るのである。これは指一本でも身体の重さを支えられるくらいの、凄《すさ》まじい腕力を必要とする。

檻を三周りほどしたころ——。

「凄《すご》いねえ」

と、声がかかった。

すでにうっすらと闇が訪れている。そこに男の影が立っていて、

「誰だ。てめえは？」

と、小吉は脅すように訊いた。

「わしは蕨野権次《わらびのごんじ》といって、作事方で勘定役をしてる者さ」

「ああ、麒麟子ばあ、いや麒麟子さんの」

「そう、麒麟子婆さんの弟だ」

「これはどうも初めまして」

慌《あわ》てて猫撫《ねこな》で声を出した。

「前からあんたの勇名はうかがってたよ」

「恐れ入ります」

「それで、姉がいなくなった件で、友だちの勝代さんを訪ねたら、なんでも小吉どのが謎を解いてくれるとか」

「いや、まあ。そのつもりで頭をしぼっていますが、なにせおいら自身がこのような状況下にありまして。調べもままならぬありさまで」

「そうでしょうな。いや、謎を解いてもらったあかつきには、わしも必ずやわが作事方に推挙《すいきょ》させてもらいましょう」

「ぜひに。ただ、檻に入ったままではどうにもなりませぬが」

「もちろん、お父上や勝代さんにもお願いして、出してもらいましょう」

「そうおっしゃっていただけたら、なんとしても、麒麟子さまの謎は解き明かしてみせましょう」

麒麟子婆さんは、麒麟子さまになってしまった。

三

翌朝――。

朝飯をかっこむとさっそく麒麟子さまの失踪について知恵を絞り出したところに、おのぶがやって来て、

「ねえ、ババ様が、麒麟子さんのことはもう考えなくていいって」

「はあ？」

「昨夜、遅くもどって来て、そう言ったのよ。いま必死で考えているとは言ったんだけど、考えるだけ無駄だって」

「なんだ、それ？　おババを呼んで来いよ」

ムッとして言った。

「もう出かけたの」

「出かけただと」

「おむすびをつくって持って行ったわ」

「ははあ」

たぶん麒麟子の居場所がわかったのだ。

だが、表には出られないか、出たくない事情があって、うちのおババがおむすびまでつくって届けるのだろう。

「まったくなにしてやがるんだか」

「じゃあ、この話は終わりね」

「そうはいくかよ」

「なんで？」

「おいらは蕨野どのと約束したんだ」

「ああ、それなら大丈夫なのよ。蕨野さまがお前さまをすごく気に入ってくださったんですってね？」

「そうみたいだった」

「それで、謎を解く解かないにかかわらず、お前さまのことはぜひ仲間にしたいとおっしゃってくれてるみたいよ」

「なんだと」

「お前さまのしていることを見て、よほど気に入ったみたいよ。なにしてらしたの？」

「おいらはただ、檻の内側を伝い歩きしてただけだ。ほら、よくやってるだろうよ」

「ああ、あれ。あれはお前さまじゃなきゃできない技よね」

「だが、それがどうしてそんなに気に入ってくれたんだろう？」

小吉はすこし首をひねると、ぱんと手を叩いた。

「わかったの？」

「もしかしたら、作事方といっても、それはほら、お庭番《にわばん》とか黒鍬者《くろくわもの》と同じ類いかもしれねえな」

「なんです、それは？」

「そいつらは、密偵、つまり忍者として働いているのさ」

「忍者？　なんだか危険そうな仕事ですね」

「そりゃあ重要な仕事には危険も伴うさ。だが、忍者というのは機密を握るだけあって出世もするものなんだ」

自分が西国の雄藩あたりに忍者となって潜入し、天守閣へと這《は》い上がる姿を想像し、胸が高鳴った。

「へえ、そうなの」

「解いても解かなくてもとおっしゃったそうだが、解いたほうがいいに決まっている。おいら、ぜったいこの謎を解いてみせるぜ」

小吉は歌舞伎《かぶき》役者がやるように目をひんむき、ぐいっと顎《あご》を突き出して、見得《みえ》を切ってみせた。

四

謎を解くと大見得を切っても、なにせ自分で動くことができない。仕方なく、また早川又四郎に来てもらった。

かんたんに成りゆきを話すと、

「なんだ。麒麟子婆さん、生きてたんですか?」

「たぶんな。だって、うちのおババがおむすびを持って出て行く理由がねえだろうよ」

麒麟子が殺されたなどと言い出したのは、勝家のおババである。つねづね養子と仲が悪いのは知っているから、すぐそんなことを勘繰《かんぐ》ったのだろう。もしかしたら、「あたしもそのうち小吉に殺されるよ」なんて言って回っていそうである。

「だったら、もう謎なんかないですよ。あとは、その麒麟子婆さんが事情を説明して終わり。余計な推測はしないほうがいいのでは？」

「馬鹿野郎。なにが余計な推測だ。婆さんが事情を明らかにする前に、おいらが謎を解き、作事方の勘定役に報告する。それで評価はますます上がるってわけだ。勘定役といえば部署の仕切り役だぞ。人ひとり雇い入れることも難しくはねえ」

「なるほどね」

「だいたい婆さんがまだ家にもどらず、おむすびをつくってもらってるってことは、なにかに怯《おび》えているに違いねえんだ」

「あ、そうですね」

「いったい婆さんはなにを怖がっているのか」

「それがわかればいいわけですか」

「まず、あの家の孫ってのはどんなやつか、それを確かめてくれ」

「孫がどういうやつかですね」

「それと、婆さんの義理の息子の色部玉八郎。こいつは見世物小屋にタダで入ったんだよな？」

「ええ」

「だしものはなんだった？」

「だしもの？」

又四郎はきょとんとした顔をした。

「やっぱり見てねえのかい。それを確かめて来てくれ」

「わかりました」

又四郎はそんなことで謎が解けるのかと言いたげな顔で、檻の前を立ち去って行った。


「チチ、チチ」

小吉が檻の中でぼぉーっとしていると、檻の外で可愛い声がした。

「よう、麟太郎」

麟太郎が檻の前に来ていた。

「あそぼ、あそぼ」

「ああ、おいらもおめえと遊びたいよ。なにして遊ぶ？」

「チチの、あんよ」

「おいらのあんよ？　ああ、また、よじ登ったりして遊びたいのか？」

昨日、檻の中で腹の上や足の上に登らせたりしたのだが、それがずいぶん面白かったらしい。

「うん」

「でも、檻のカギがねえしなあ。ハハに行って、開けてもらいなよ」

「ハハ、いない」

「出かけてるのか？　しょうがねえな。おめえを置きざりにして」

麟太郎が寝ていると、おのぶは急いで買い物に行って来たりするのだ。

だが、もし麟太郎が目を覚《さ》ますと、起きて母親を探したりするので、迷子になってしまう恐れがある。だから、「そんなことはやめろ」と文句を言ったこともある。

おのぶはおのぶで、「そんなこと言うなら、お前さまが早く檻から出してもらってよ」などと言い返してきて、大喧嘩になった。

もっとも、出口のところには小吉の実家があり、麟太郎がその前を抜け出てしまうことはまずないのだが。

「なか、入る」

「だから、カギがねえんだって」

「りんた、入る」

鱗太郎はそう言うと、檻の前に寝そべった。

「なにする気だよ？」

小吉が目を瞠《みは》ると、鱗太郎はいったん身体を棒のように伸ばし、それからくねくねと身体をくねらせはじめた。

「おいおい、おめえはヘビか？」

鱗太郎はそうやって前に進むと、頭を檻の格子《こうし》のあいだに入れた。

「え、頭が入るのか！」

鱗太郎の小さな頭は、なんと檻のあいだを抜けられるのだ。しかも、肩のあたりでちょっと引っかかったようだが、そこもすぼめるようにして通り抜け、あとは腰のところがちょっと窮屈なようだったが、見事、中まで入ってしまったのである。

「驚いたなあ」

「りんた、入った」

「うん、わかった。じゃあ、ほら、遊べ」

小吉は横になり、麟太郎を腹やまっすぐ上に伸ばした足によじ登らせた。

そうやって遊ばせるうち、

――ん？　待てよ！

一つ気がついたことがあった。

五

「勝さん。行って来ました」

又四郎が思ったより早く帰って来たのは、小吉がちょうど昼飯を食べようとしていたときだった。

「おう、又四郎。おめえも腹が減ってるだろう」

「ええ、まあ」

「おい、おのぶ。又四郎にも飯を持って来てやれ」

小吉は、又四郎の膳も用意させた。

飯と言っても、そうたいしたものはない。

どんぶり飯に冷ややっこ、茄子《なす》の漬物にしじみの味噌《みそ》汁がついただけである。

だが、小吉はいかにもうまそうに飯を食うので、どんな飯でもごちそうに見えてしまうのだ。

「又四郎もいっしょに食うから、カギを開けてやれ」

小吉がそんなことを言い出したので、

「いや、わたしはいいですよ」

又四郎は焦《あせ》って言った。

「なんで？　飯は差し向かいで食うもんだろうが」

「でも、檻の中はちょっと……」

「嫌なのか？」

小吉は意外そうに訊いた。

「誰かに見られたりしたら困りますよ。早川又四郎が、勝さんの檻の中で差し向かいで飯を食っていたなんて言い触らされたらどうするんですか？」

「どうするんだ？」

「縁遠くなりますよ。いや、わたしはこっちでいただきます」

又四郎は断固として、檻の外で食べ始めた。

「ところで、どうだった？　婆さんの孫は？」

「ええ、これが親父に輪をかけてしゃきっとしないやつでしてね」

又四郎は、自分がけっこうしゃきっとした男であるようなことを言った。

「いくつだ？」

「十七、八ってところです」

「それで、しゃきっとしないんじゃしょうがねえな」

小吉も、自分の十七、八のころを忘れたように言った。

「小普請《こぶしん》の倅《せがれ》ですから、やることもありません。あの歳だと学問所にも行きませんから、毎日、ぶらぶらしています」

もちろん、小吉も又四郎もいっしょである。

ただ、小吉と又四郎の場合は、いちおう役を得たいと必死なところがある。

そういう努力もせず、ひたすらぶらぶらしているのだろう。

「まったく、しょうがねえなあ」

小吉は言った。

江戸中に、この手の武士の若者はいっぱいいる。百姓たちが、こういう若者を食わせるために、年貢を納《おさ》めていると思ったら、田んぼなど耕《たがや》す気も起きないだろう。

そんなことを思いながら、小吉が飯をおかわりすると、

「では、わたしも」

と、又四郎もどんぶりを差し出した。

「ただ、婆さんは可愛いみたいなんですよ。義理の倅にはつらく当たるくせに、似たような孫にはどうしようもないほど甘いって、近所の豆腐《とうふ》屋の女房が言ってました」

「まさに、うちのおババといっしょじゃねえか」

小吉にはさんざんひどく当たってきたくせに、麟太郎にはべたべたである。顔だって小吉にそっくりだというのに、自分の血が通っていると思うと、感情はがらっと変わってしまうらしい。

「あ、そうかもしれませんね」

「親父と倅の仲はどうなんだろうな」

「それが悪くないみたいですよ」

「やっぱりそうかい」

「なんか気質も似たところがあって、話も合うらしいです。ただ、婆さんが近所の者に言うには、孫は父親を嫌っていると」

「そう思いたいんじゃねえか」

「わたしもそう思いました」

「それと、見世物小屋なんだがな」

小吉は二杯目も食べ終えて、横になりながら言った。

「それですが、なんて言うんですか、単独のだしものじゃないんです。いろんな見世物がごった煮になっているような小屋なんです。だから、詳しいことは入ってみないとわからないので、勝さんの許しと、木戸《きど》銭をもらおうと思って」

又四郎は頭をかきながら言った。見世物小屋の木戸銭も出せないのが、情けないところなのである。

「その見世物には、ヘビのだしものとかはなかったかい?」

「あ、ありました」

「やっぱりな」

「両国のほうは、看板にヘビ地獄とあり、足元にヘビがうじゃうじゃいるような絵が描いてありました」

「奥山のほうは違うのか？」

「ええ。そっちは犬や猫を丸飲みするヘビだとかで、犬を飲み込むヘビの絵が描いてありましたよ」

「そういうことか」

「ヘビが今度の件と関係あるんですか？」

「大ありだよ。さて、さっそく作事方の蕨野さんに報告する前に、いちおう色部玉八郎さんに確かめておくか。又四郎、ちっと呼んで来てくれ」

小吉は嬉《うれ》しそうに言った。

まもなく檻の前に、色部家の養子の玉八郎が現われた。十七、八の倅がいるくらいだから、もう四十くらいになっている。

「どうも。勝さん。色部です」

「ああ、勝小吉です」

「お噂《うわさ》はかねがねうかがってました」

「いや、まあ、おいらもいちおう下《した》っ端《ぱ》の役者よりは世間で名が通ってますのでね」

と、小吉は悪びれたりなぞはしない。

「それで、なにか御用だとか？」

玉八郎は暢気な口調で訊いた。

「ええ。じつは、お宅の麒麟子婆さんなんだがね」

「ああ、いま、家にいませんよ。数日前からいなくなってしまったんです」

「その前には、木の上で寝ていたんでしょう？」

「そうなんです。なんか怯えたみたいな顔でね。妙な婆さんですから、なにやっても不思議はないんですが」

「それで、お宅の婆さんがいなくなったら、うちの勝勝代ってこれまた妙な婆あが、あんたが殺したとか言い出しましてね」

「あたしが、麒麟子婆さんを殺した？　そんな馬鹿な。そりゃあ、正直死んでくれたらいいと思うこともありましたが、自分の手で殺すなんてことは」

「いや、お気持ちはわかりますよ」

憎たらしいが、年寄りを手にかけるほど落ちぶれてはいない。

「麒麟子さんは生きてますよ。うちの婆あがおむすびを届けたりしているくらいですから」

「そうですか。そりゃあ、よかったです」

たいして心配もしていないような口調で言った。

「それで、なにをいったい怯えているのかと、うちでも話題になりましてね」

「なんなんですか？」

「ヘビを怖がっているんですよ」

「ヘビを？」

「お宅にいませんか、ヘビは？　いや、本物じゃなく、贋物《にせもの》なんでしょうが」

「ああ、あれね」

と、玉八郎はうなずいた。

「ヘビの細工物をつくるのが得意なんでしょう？」

「よくご存じで」

「見世物小屋とかにも売ったりなさってる？」

「ええ。このところ、そっち方面からの依頼が増えているんです。ただ、あたしはいろんな細工物をつくるので、ヘビはたまたまですよ」

「そうでしょうね。でも、麒麟子さんはそういうことをご存じで？」

「知りませんよ。あの婆さんは、わたしのすることになんかまったく関心がありませんから。もっとも、ヘビの細工物は家ではなく、小屋のほうでつくりましたから、気づかないでしょうね」

「でも、細工のヘビを一匹くらい、息子さんにくれたりはしませんでした？」

「ああ、一匹やりました。息子に両国の小屋の見世物を見せてやったら、どうやって動かすんだと興味を持ったみたいだったので、一匹やるから試してみろと」

「それを息子さんはひそかに稽古《けいこ》していたんです」

「ああ、婆さんが見ると卒倒するからでしょうね」

「ところが、麒麟子さんはそれを見かけてしまった」

「それで怯えた？」

「それだけじゃねえ。その使い道を邪推《じゃすい》したんです」

「邪推？」

「ええ。息子さんが玉八郎さんをヘビに嚙《か》ませて殺そうとしているんだろうと」

「ひでえなあ。なんで息子がわたしを殺すんですか」

「それは、婆さんの願望なんですよ。しゃきっとしない義理の息子には早く死んでもらい、血の通った孫の代にしてしまいたいって。うちのおババと思ってることはいっしょですよ。婆あ同士、たぶんいつもそういうことを話しているんですから」

「ははあ、なるほど」

「それで、孫が毒ヘビであんたを殺すのを期待しているのだが、ヘビなんてものはそうそう人の見分けはつかない。間違えたら、寝ているとき、自分ががぶりとやられる恐れもある」

「それで木の上に」

「でも、ヘビは木に登ることができると教えられたんでしょう。たぶん、うちの勝勝代あたりから」

「それで木を下り、どこかに逃げてしまったんだ」

「そして、あんたが毒ヘビに嚙まれて死んだとわかったら、どこかからのそのそ現われるんですよ」

「ひでえなあ」

「もちろん、孫がやったなんてこともしらばくれる。それで、色部家はめでたく、可愛い孫が当主になる」

「呆れたなあ」

玉八郎は苦笑いするばかりである。

「代が替わっても、状況はそうそう変わりませんよね」

と、小吉は訊いた。

「変わりませんよ。だいたい、息子もあたしといっしょで、家の中に閉じこもるのが好きなんです。それで、手先が器用でいろんな仕掛けや細工をつくるのも好き。たいして儲《もう》からなくても、道楽に熱中できるいまの境遇が好きなんですから」

「でしょうね」

小吉はうなずきながら、ふと麟太郎のことを思った。

もし、麟太郎もまた小吉と似たような気質で、小さな枠におさまるのが嫌いで、遠くに行くことを夢見たりして、喧嘩騒ぎや仲裁にしゃしゃり出るのも大好きで……そういう男になったなら、この勝家はどうなってしまうのだろう。

だが、考えてもしょうがないのである。

――ま、人が変わらなくても、時代が変わるってこともあるしな。

小吉は内心で、そう言い聞かせていた。

六

色部玉八郎が帰ったあと、小吉はいろいろ考えたあげく、作事方の蕨野権次宛てに手紙を書くことにした。

ここにまた来てもらうのは礼を失するだろうし、話をするうち調子に乗り、つい余計な口を叩くことも懸念《けねん》されるのである。

そこで、今度の謎をどう解いたかを又四郎に口述筆記させ、届けてもらったのである。

蕨野権次は一読して、

「勝どのは天才だ！」

と、叫び、なんとしてもわが部署に来ていただくと、又四郎に宣言までしたというのである。

ただ、又四郎は決して嬉しそうな顔でもどって来たわけではなかった。それどころか、

「勝さん。あそこはやめたほうがいいと思いますよ」

と、忠告までしたのである。

「なんでだ？」

小吉は訊いた。

「勝さんに伝えてくれと、蕨野さんはわたしを職場に案内させたのです。勝さんは、もしかしたら、お庭番《にわばん》のような忍びの者の仕事かもしれないと思ってませんでしたか？」

「違うのか？」

訊いたとき、背筋をなにやら冷たいものが走った。

「まったく違います。まさに作事方の仕事です。恐ろしいですよ。誰もなり手がいないので、無理やり引っ張ってくるのです。色部玉八郎が嫌がるのも当然です」

「なり手がない？」

「ええ。皆、やめるか、途中で大怪我をしたり、事故死したりするのです」

「そんな仕事あるのか？」

「お城の石垣の点検が仕事なのです」

「あ」

と、小吉は言った。

「見たこと、あるでしょ？」

「ある。高い石垣を手で上り下りして、破損しているところや、忍者がなにか仕掛けたりしていないかを調べるやつだろう？」

お城の内濠《うちぼり》沿《ぞ》いを歩くと、たまに見かけるのだ。

「そうです」

「田安門《たやすもん》のあたりなんざ目もくらむほどの高さだぞ」

「あそこがいちばん落ちるみたいです」

「冗談じゃねえ」

小吉はそう言って、背中を丸め、寝たふりをした。

「駄目ですよ、勝さん。向こうはもう、すっかりその気です。なんでも、勝さんがこれは天職だというようなところも見せたそうですね」

「あれか」

檻の枠を、ぶら下がりながら渡るところを見られたのだ。まさにあの技こそ、石垣をよじ登るのにぴったりである。

「明日、正式に頼みに来るそうです」

「駄目だ。来ないように言ってくれ」

「そんなこと言ったって、あれだけ売り込んで、いまさら嫌だはないですよ」

「馬鹿野郎。あんな仕事に就《つ》くくらいなら、もうちっと我慢してここにいるよ」

「届けたわたしの立場もありますし」

「おめえの立場なんざ知ったこっちゃねえ」

小吉は又四郎に背を向け、たぬき寝入りを決め込むばかりだった。

相撲《すもう》芸者が死んだ

一

勝小吉には、今年の夏はひどく長かった気がした。檻《おり》を出たくてたまらなかったせいかもしれない。汗を拭《ふ》き拭き檻の中にいて、どれほど川風に吹かれながら両国橋を闊歩《かっぽ》することを夢見たことか。雑踏を眺《なが》めながら、仲間と酒を飲む楽しさを羨《うらや》んだことか。

――もう自分は一生、この檻で暮らさなければならないのか。

そんな気持ちにさえなったほどだった。

その夏も過ぎ、朝晩が冷え込むようになっていた。

早川又四郎がやって来て、

「勝さんは、相撲《すもう》芸者のことはご存じでしたか?」

と、訊《き》いたのも、肌寒い朝のことである。

「相撲芸者? ああ、乳丸《ちちまる》のことかい。もちろん知ってるよ。向こうもおいらのことはよく知っているはずだぜ。てめえの金じゃなかったが、二度ほどお座敷で遊んだこともあるんだ」

芸者遊びなどしょっちゅうやっていたわけではない。まったく逆で、檻に入る前から金はなかったから、芸者などはまるで縁がなかった。

檻に入る半年ほど前だったか。たまたま大店《おおだな》の旦那がヤクザにいちゃもんをつけられているのを助けたことがあり、二度ほど料亭でごちそうしてもらった。そのとき呼んだ芸者の一人が、乳丸だったのである。

「へえ、そうでしたか」

又四郎は羨ましそうな顔をした。

「面白い芸者だったよ。乳丸がどうかしたかい？」

「殺されたんですよ」

「なんだと」

これには驚いた。

「いつ？」

「三日前の夕方だったそうです」

「誰に？」

「それがわからないんです。自宅の二階で首を絞《し》められていたんです」

「乳丸の首を絞めるとは、たいしたやつだな」

「凄《すご》い力だったんでしょう?」

「ああ、おいらも二度目の席のとき、料亭の中庭で相撲を取ったんだ。とても勝負にならねえよ。ぐいっと帯を引っ張られると、腰が砕けないよう踏ん張るのがやっとだ。そのうち、足が地についている感じじゃなくなった。なんと、おいらは高々と頭上に持ち上げられていたのさ」

「じゃあ、女相撲のときも強かったんですかね」

「強かったらしいぜ。土俵に出ていたのは三年間くらいだったけど、関脇まで行ってたそうだ」

「そりゃあ凄い」

「背はそれほど高くなかったけどな。あいつの首を絞めるなんて、ふつうの男じゃ無理だ。男の相撲取りあたりが下手人なんじゃねえか」

ここらは回向院《えこういん》の裏手に当たるだけあって、場所中など相撲取りだらけになる。しかも相撲部屋もいくつかある。

「そこらも調べてはいるんでしょうが」

「まだ見つかってねえってか」

「四股名《しこな》はあったんですか?」

「あったよ。乳《ちち》の谷《たに》」

「ぷっ」

又四郎が噴いた。

「笑っちまうよな。でも、その乳の谷に挟《はさ》まって死にたいって野郎がいっぱいいたそうだぜ」

「ほんとにもてたみたいですね。乳丸さんは」

と、又四郎は言った。

「ああ、もてたらしいぜ」

「器量もよかったんでしょ？」

「美人だったよ。不思議だよな。肥《ふと》ると女はどうしたって器量は落ちるはずだよな。ところが、乳丸は違った。土台はもちろんきれいなんだが、肥っていることでやさしさとか、情け深さとかまで感じさせたんだ」

「へえ」

「乳丸を見てると、弥勒菩薩《みろくぼさつ》はこんなお顔なのではと思えるとか言ってたやつもいたくらいだ」

そんな乳丸が殺されてしまうなんて、小吉も同情を禁じ得ない。

「元相撲取りという乳丸が人気になって以来、ここらの芸者の世界では、元なんとかが大流行《はや》りなんだそうです」

「なんだ、そりゃ?」

「たとえば、元巫女《みこ》さんの芸者、元尼さんの芸者」

「元尼さんは、頭が丸いのか?」

「ええ。伸びかけで、おかっぱ頭がいいんだそうです」

「ふうん」

「元産婆の芸者も人気があって、客を赤ん坊扱いするんだそうです。その甘えられる気分がなんとも言えないんだそうで」

「馬鹿か」

と、そっぽを向いたが、内心では気になる。

こうして檻の中にいるあいだに、世間ではどんどん流行りが生まれ、またうつろっていく。まるで関係のない身になると、そんなことまでやけに楽しげである。

二

それから四、五日して——。

「勝小吉さんの檻はこちらですか？」

と、訪ねて来た男がいた。

「あ、てめえは、たしか」

「質屋の三右衛門《さんえもん》でございます」

「そうだったな」

両国橋に近い尾上町《おのえ》にある大きな質屋の旦那である。

何度か刀を持ち込んだ。預かっていた備前長船《びぜんおさふね》の名刀だったこともある。

それをひどく安い金で預けさせられた。しかも、ほかの質草をわざと高めに預かって、刀のほうをあやうく流されそうになった。あれは刀の価値を知っていたからなのだ。

「おめえに用はねえぜ。それとも、質草でも預かってやろうか？　おいらのところに置けば安心だぞ」

檻を蔵がわりに使わせて、店賃《たなちん》をもらう。座敷牢《ざしきろう》住まいの副業にはぴったりかもしれない。

「いえ、勝さんにお願いがあって来たのです」

「願い？」

「じつは、あたしに妾《めかけ》がありまして」

「ちっ、妾自慢か。どうせ、てめえの妾なんざ質草が流れたやつだろうが」

小吉の厭味《いやみ》も無視して、

「あたしはぞっこんで、あれのためならどんなことでもしたいくらい惚《ほ》れてました」

と、三右衛門は言った。

「惚れてた？」

終わったみたいな言い方である。

「殺されちまったんです」

三右衛門はそう言うと、俯《うつむ》いて激しく泣いた。涙が膝《ひざ》にぽたぽたと滴《したた》り落ちる。嘘《うそ》泣きではないらしい。

「殺されたって、まさか、おめえの妾ってのは……」

もの凄く嫌な予感がした。

「乳丸という名で芸者をしてました」

「おめえが旦那だったのかよ」

「なったばっかりだったんです」

「乳丸も血迷ったのかね」

小吉が厭味を言ったが、

「そうかもしれませんね」

素直にうなずいた。

「おめえが殺したんだろうが」

「ずいぶん疑われました。あたしがあてがった家の二階ですし、最初に見つけたのもあたしでしたので」

「早く白状しな」

「ですが、あたしにあれの首を絞められると思いますか?」

「方法なんかどうにでもできるものさ」

「だいいち、あたしだったら、勝さんのところに頼みになんか来ませんよ」

「頼みに?」

「このままだとわからずじまいになってしまうかもしれません。勝さんは座敷牢にいながらにしてとんでもねえ謎も解決すると聞きました。なんとか下手人をあげてもらいてえんで」

三右衛門はそう言うと、小吉に手を合わすようにして、またひとしきり泣いた。

たしかに、これはどう見ても下手人ではない。

「考えるったって、おいらはなんにもわからねえんだぜ」

「あたしのほうからなんでもお話しします」

「そうは言っても、トウシロウってのは見るべきことを見てねえからな」

「岡っ引きを連れて来ましょうか？　勝さんもご存じの仙吉親分ですが」

若いがなかなか腕のいい岡っ引きである。仙吉が調べてもまだ下手人の見当がつかないようでは、たしかに面倒な殺しなのだろう。

「いや、わざわざ連れて来なくてもいい。じゃあ、ざっと殺されたときのようすを話してみてくれ」

殺しの現場自体は、それほど変わったことはない。

いかにも妾に買い与えそうな、こじゃれた二階家。入り口は一つ。

乳丸は二階の部屋で倒れていた。

首には紐《ひも》かなにかで絞めた痕《あと》。

寝ていたのではない。ちょうど白粉《おしろい》を塗り、いまから最初のお座敷に行こうかというところだった。

物色された形跡はない。簞笥《たんす》の引き出しには五百文《もん》ほど入っていたが、それも盗《と》られていない。

「金めあてじゃねえってことか」

「おそらく」

「乳丸はもてたんだろう？」

「ええ。あたしの前にも三人ほど旦那がいましたし」

「なんだ、けっこう気が変わるのかい」

「そうじゃなくて、乳丸に溺《おぼ》れて中風であの世行きになっちまうんです」

「なるほどな」

それはわかる気がする。色っぽいうえに、あの体力。負けまいと思って、毎晩挑《いど》もうものなら、たちまち血の道がおかしくなるだろう。

「あんたも危なかったんじゃねえのか」

「それは、もちろん覚悟のうえでした。乳丸の胸に抱かれて死ねるなんて、前の旦那衆が羨ましかったくらいです」

「おいおい、変なのろけは勘弁してくれよ」

「一つだけ、変なことがあるんです」

「なんでえ？」

「乳丸が倒れていたわきに、米俵が二つあったのです」

「米俵が二つ？　なんのために？」

「わからないんです」

「米屋が届けていたのか？」

「いいえ、乳丸がいつも買っていた米屋でも、そんなことはしていないと」

「殺されたときに置かれたのか？」

「前の晩はなかったです。だから、殺されたころに置かれたのだと思います」

これはまた、妙な話である。

だいたい、飯屋でも営《いとな》んでいるならともかく、ふつうの家では米俵ごと米を買ったりはしない。

それが二俵も置いてあったなんて、ただごとではない。

「米俵一俵はだいたい四斗《と》（約六十キロ）ってとこだな」

「ええ」

「乳丸なら、二俵いっしょにかつぐことができたかな」

「と思います」

「だが、ふつうのやつなら、一俵ずつでも、二階に持ち上げるのは容易なこっちゃねえ」

「はい。あたしにはぜったい無理です」

三右衛門は六十過ぎの小柄な爺《じい》さんである。たぶん一斗だって持てないだろう。

「ますます相撲取りの線が濃くなってきたじゃねえか」

「でも、乳丸の客に相撲取りはいなかったそうです。なぜか、お相撲さんというのは、自分とは反対で、痩《や》せてほっそりした女を好む傾向にあるみたいで」

「なるほどな。だが、乳丸に思いをかけていた男を捜すしかねえだろうよ」

「やっぱりそうですか」

「勘の悪いのがいくら訊きまわっても、ほんとのことはわからねえ」

「では、どうしたらいいので？」

「芸者の話が訊きてえな」

小吉はにやにや笑いながら言った。

「芸者の？」

「ここにあげてくれねえか」

「ここにですか？」

三右衛門は目を丸くした。

「なあに、四畳半のお座敷だと思って来てくれたらいいさ」

小吉は、それが引き受ける条件だと言わんばかりである。

三

「こんばんは」

小吉の檻の前で黄色い声が上がった。

芸者が三人、ちょっと遠慮がちにこっちをのぞいた。

「おう、待ってたぜ。遠慮なく入っておくれ」

小吉がうなずくと、又四郎が戸を開けて、芸者衆を中に入れた。

「え、ここって」

「もしかして牢屋？」

「勘弁してくださいよ」

怯《おび》えてしまったらしい。

「あれ、三右衛門からは、なにも聞いてなかったかい？」

「はい。乳丸姐《ねえ》さんのことを話してやってくれ。相手は、謎解きの天才だって」

「うん。それでいいんだ。ま、座って、座って」

三人はまだおどおどしながら檻の前に座った。

酒と肴《さかな》は又四郎が買って来て、すでに檻の中に並べてある。もちろん、これらは三右衛門の払いである。

「おいら、勝小吉ってもんだ」

と、まずは名乗った。

「え？　勝小吉って、噂《うわさ》の？」

「どういう噂だよ」

「本所でいちばん喧嘩《けんか》が強くて、暴れ出すと、手がつけられないって」

「そんでそこらで暴れられると困るので、座敷牢に入れられたって」

「あ、これがその座敷牢だ！」

「ほんとに入ってるんだ」

「あたし、冗談だろうと思ってた」

「若さ真っ盛りの楽しい時代を檻の中で過ごすなんてね」

「凄いね、馬鹿さ本格派！」

芸者たちは箸《はし》が転《ころ》がってもおかしいらしく、きゃあきゃあ面白そうに騒いでいる。

「それで、こいつが貧乏旗本の四男坊で早川又四郎」

小吉が紹介すると、

「よ、よ、よろしく」

がちがちになって頭を下げた。

「おめえたち、名前はなんて言うんだ？」

小吉が訊くと、左から順に、

「苔丸《こけまる》でぇす」

「泥丸《どろまる》でぇす」

「豚丸《ぶたまる》でぇす」

と、名乗った。

顔は三人とも可愛《かわい》らしいのに、名前はひどい。

「ひどい名前にしたほうが、お客は気軽に呼んでくれるからって」

「なるほどな」

いきなり殺しの話も野暮だろうと、しばらくは酒を飲み、芸者の唄を聞いた。

〽おれがこんなに好きだというのに
どうしてお前はつれないの
大川泳ぐさかなでさえも
釣り糸垂《た》らせばいつかは釣れる
もういい加減になびいておくれ
そいつは無理、無理
だって、勝さん、あんた檻の中
ええい、えい、檻の中

なにかの替え唄らしい。

「まいったな、おい」

若い芸者にからかわれて、小吉もまんざらではない。

「さて、いよいよ訊きたいことを訊くぜ」

「ええ、どうぞ」

いちばん年上らしい苔丸がうなずいた。

「殺された乳丸に入れあげてたやつはいるのかい？」

「いっぱいいいましたけど、乳丸姐さんと付き合うには覚悟がいるからって」

「ああ、例のやつか」

「そう。中風になってお陀仏《だぶつ》になってもかまわないとなると、そうたくさんはねえ」

苔丸が泥丸を見ると、

「うん。そうそう。しかも、三右衛門さんに囲われたばっかりだったし」

泥丸が言うと、

「三右衛門さんがどれくらい持つか見極めてからって、ちょっと一段落ってところだったよね」

豚丸がつづけた。

一人でしゃべれば済むことを三人で話すから、かえってわけがわからない。

「じゃあ、誰もいなかったのか？」

「ううん。一人だけ。元幇間《ほうかん》の若旦那の調七郎《ちょうしちろう》さん」

「元幇間？　逆だろ？　元若旦那の幇間だろ？」

遊びが過ぎて家業をつぶし、ついに幇間になってしまうという花柳界では伝説のような話である。本当にそんなことがあったのかは定かでない。

「それが逆だから珍しいんですよ」

「なんで幇間が若旦那になるんだよ」

「寿《ことぶき》屋の旦那ってお人がいましてね」

「新川《しんかわ》の酒問屋の寿屋か？」

「そうです」

「たいそうな大店じゃねえか」

「そこの跡継ぎがぽっくり亡くなってしまったんです。しかも、一人息子」

「おい、まさか」

「そうなんです。旦那が可愛がっていた幇間を養子にしたんです。つまり、若旦那になっちまったわけ」

「なんてこった」

「びっくりですよ。でも、もともと調子がいいから、なかなか商売の才覚もあるみたいですよ」

「元幇間の若旦那と、元相撲取りの芸者か」

もし、付き合ったとしたら、妙な組み合わせである。

「なんだか心中芝居にでもなりそうよね」

「でも、あのひょろひょろじゃ行司がお相撲さんを案内しているみたいじゃない」

「あら、ほんとね。あっはっは」

芸者たちは騒がしい。じっさい人が死んだということも忘れてしまうのだろう。

「どういうやつだ？」

「なんか、こう、なよなよってしてて」

「そういうのに限って、乳丸みたいな女に惚れるんだよ」

「そうみたい。あのお肉がいい、とか言ってたから」

「その若旦那が乳丸姐さんのかこわれ話を聞いて、袖《そで》にされたと、すごく落ち込んでいたんです」

「そんなに怪しい野郎が、なんで早くしょっぴかれねえんだよ」

小吉がそう言うと、

「あの若旦那を見たら、外すわよね」

「米なんか五合持つのがやっとじゃないの」

「あんなのに乳丸姐さんは殺されないよ」

三人とも一笑に付した。

小吉に言わせれば、そういうやつこそ怪しい。

完全に、自分への疑惑を、力持ちの巨漢に向けてしまっている。

「そいつにはなんとしても会わなくちゃなあ」

と、小吉は言った。

四

「寿屋の調七郎をここに呼べ」

と、又四郎に命じても、それは無理というものである。

調七郎が見知らぬ男の檻の前に来なければならない理由がないのだ。

「馬鹿だなあ。まともな手口で呼ぼうとするから、駄目なんだ。こういうときは、まずかます」

「かます？」

「そう。いきなりとんでもねえことをぶち上げて、来ざるを得なくさせるのさ」

「どう、ぶち上げるのです？」

「乳丸殺しの下手人は、寿屋の若旦那の調七郎しかあり得ないと」

「そうなんですか？」

「どうかなあ。だが、そうでも言わねえと、わざわざここには来ねえだろう。明日には奉行所に訴えて出るつもりだが、それが嫌なら自分じゃねえと、この勝小吉を納得させてみるがいいって」

「そうですか。それじゃ、まあ、いちおう言って来ますが」

と、又四郎は出かけて行った。

だが、小吉は正直、自信がない。

手がかりと言ったら、乳丸のわきにあったという米俵だけである。

それが、怪力の下手人を暗示させようとしたのは間違いないだろう。だが、逆に下手人の尻尾にもなるはずなのだ。

「米俵か」

小吉がそう言うと、

「たわらか」

可愛い声がした。

麟太郎が檻のわきに来ていたのだ。

いつから来ていたのか、又四郎といろいろしゃべっていたときには、もうここにいたのかもしれない。

「俵なんか持てねえよな」

「りんたろう、たわら、もてる」

「そりゃ、おめえ、中身の入っていねえ俵だろ」

小吉はそう言ったあと、

――ん？

なにか閃《ひらめ》いたような顔をした。

「待てよ。乳丸の得意技は……そうか、それだったら、力のねえやつにも……」

小吉の頭の中で、なにかが凄い速さで回り出したようだった。

五

「いよっ、ここが噂の、勝小吉さんの檻でげすか」

調子のいい声がした。

見ると、若旦那にしては派手過ぎる羽織を着た、ひょろひょろした男が立っていた。

「聞いてましたよ。轟《とどろ》き渡ってましたよ。両国一帯の花柳界にも。本所の勝小吉さまのお噂は。もう、そろそろ三年になるらしいじゃありませんか。お勤め、ご苦労さまでございますな」

なんとも厭味《いやみ》な野郎だった。寿屋の旦那も、よくもこんなやつを養子にしたものである。跡継ぎを失《な》くし、自暴自棄《じぼうじき》になってしまったに違いない。

「うるせえよ、下手人」

「下手人て、勝さん。いったい、なにを根拠にそういうことを言うんですか。奉行所だって、人を陥《おとしい》れるようなでたらめを言って回る人には、それなりの罰を下しますよ」

「あいにくだ。おいらのところは旗本で、奉行所の世話にはならねえんだ」

「へえ。勝さんのお家がお旗本！　皆、あんなに貧しい旗本はおかしい。家禄が四十一石って、勝さんのところは、ほんとうは御家人なんじゃないかって、そういう噂ですよ」

「ううっ」

痛いところを突かれた。

じっさい、そうなのだ。こんなに貧乏な旗本がいるのかと、おババにも悪たれをついたこともあった。

「あたしが乳丸殺しの下手人ですって？　面白いことをおっしゃる。なんで、あたしが乳丸を殺さなければいけないんです？」

「おいらは乳丸の仲間の芸者衆に、ちゃあんと聞いたんだよ。乳丸にいちばん入れ込んでいたのは、寿屋の幇間だって」

わざと若旦那とは言わず、幇間と言った。

カッカさせれば、それだけボロも出やすいのだ。

「入れ込んだからって、いちいち殺してたら、芸者なんざ生きてるほうが少なくなっちまうでしょうよ」

「へっ。元若旦那の幇間と、元幇間の若旦那。どっちがいいと訊いたら、誰だって元幇間の若旦那がいいと言うだろうな。かたや、落ちぶれてしまったみじめな幇間。だが、かたや幇間には考えられねえような大出世だ」

「いいものですよ、若旦那という身分は」

「いやあ、どうかな。だいたい、若旦那てえのは、生まれついてなるものなんだ。小さいときから可愛がられ、ちやほやされ、贅沢《ぜいたく》させられ、とことん甘やかされてできあがるのがあの人格なんだ」

「ほう」

「どうしようもねえ馬鹿に見えるが、あいつらにはいいところもいっぱいあるんだぜ。もともとなんでも手に入ったから、欲というのが少ねえ。他人を押しのけてもというあくどいところもねえ。さっぱりしていて、根に持ったりはしねえ。たとえ、振られたって、どうってことはねえ」

「へえ」

「ところが、卑屈に育ってきたやつってのは哀れだよな。振られたりしたら、いつまでも根に持つんだ。しかも、卑屈なやつが急に世間の通りがよくなると、なんかおかしくなっちまう。芸者に振られたことがひどい屈辱《くつじょく》に思えて、我慢ならなくなっちまうんだ」

「それが、殺しの動機？」

「おそらくな。もてねえやつのひがみってやつさ」

「でも、こんな細身のあたしが、乳丸のあの太い首を絞められるんですか。たとえ紐《ひも》を使っても、その前にあいつの張り手数発を喰《く》らって、気を失いかねませんよ」

「そう思うよな。皆、そう思ったみてえだ。調七郎さんに乳丸の首を絞めるのは無理だって。ところが、おいらは乳丸が元相撲取りだったってのを思い出したんだ」

「どういうこと？」

「相撲取りってえのは、そこらで勝負を挑まれたら、断われねえんだ。断われば、すぐにあいつはおれの申し出を断わっただの、逃げただのって吹聴《ふいちょう》されてしまう。まともに挑まれたら、相撲取りってえのは、これほど強いものなんだと、トウシロウに知らしめなくちゃならねえ」

「なるほどね」

「未練たらたらのあんたは、誰かにとられるくらいならいっそ乳丸を殺してしまおうと思いこみ、お座敷に出る前だった乳丸姐さんを訪ね、そう言って勝負を挑んだ。乳丸はくだらないと思いつつ、この勝負を受けた。それで、あんたを捕まえ、高々と上に持ち上げた」

「なんで、そんなことを？」

「それは乳丸の得意技なんだ。じつは、おいらもやられたことがあるのさ」

「へえ、勝小吉も。そりゃあ、乳丸もよくやった」

「だが、こうして両手で人を持ち上げると、意外な弱点が生まれるんだ」

「弱点？」

「そう。両方の手がふさがっちまうから、首はガラ空きなんだ。持ち上げられたやつは、上から乳丸の首に紐を巻き付け、首を絞めることができるんだよ」

「………」

「あんたは、乳丸の性格を知っていた。元相撲取りの意地があるから、挑まれれば受ける。そして、二度と挑んだりしないよう、怪力のほどを見せつける。すなわち、高々と持ち上げてしまう。あんたはそれをやらせ、持っていた紐で首を絞めたんだ」

「持ち上げられたまま首を絞めるって、そりゃ難しくないかい？」

「いや、意外にいい殺し方かもしれねえ。乳丸は急に頭がぼんやりして、あんたを放り投げることもできなかったんだろうな」

「そりゃあ、あんたの想像だろう」

「そうかな。じつは、おいらもそうだったんだが、乳丸は、片方の手で帯を持つが、もう片方はここらの着物と肉を鷲《わし》づかみにする。痛いのなんのって、おいらはそれから四、五日経《た》っても、痣《あざ》が消えないくらいだった。あんた、ちっとここらの痣を見せてもらえないかね。たぶん、乳丸の指と合致するような痣があるはずだぜ」

小吉がそう言うと、調七郎はそっと胸のあたりをのぞいた。

顔色が変わった。痕があったに違いない。

「加えて、あんたは遺体のわきに米俵を二つ残しておいた。この下手人は米俵を二つ持ち歩くほどの怪力ですと言いたくてな」

「言いたいもなにも、あたしにはあんな米俵を二階に上げることなんかできるわけがないよ」

「そう。中身の詰まった米俵はな」

「え？」

「空の米俵を上げておけばいいんだよ。俵を先に上げて、それから少しずつ米を持っていって入れるんだ。力のないやつにだって簡単にできるし、米俵を二階に上げるようなやつだと思わせることもできるのさ」

「そんな馬鹿な。だいたい、そうやって米を入れても、俵はふさがなくちゃならないぞ」

「そうだよな」

「俵のふさぎ方なんか誰が知るか。そんなもの、専門の職人じゃなきゃ無理だ」

「それは稽古《けいこ》したに決まってるさ」

「やり方がわからなきゃ、稽古だってできないよ」

「わかるんだよ、それは。なぜなら、寿屋ってのは酒屋なんだ。菰《こも》かぶりってのがあるだろうよ」

「あ」

「しかも、これが面白いのさ。酒樽の菰と、米俵じゃ、最後の閉じ方が違うらしいんだ」

「え」

「つまり、乳丸のわきにあった米俵は、寿屋の菰かぶりと同じ閉じ方がなされていたんじゃないかと、おいらは思ったのさ」

「あんたが思っても」

「いや、それはもう、調べてもらった。仙吉」

小吉がわきに声をかけると、岡っ引きの仙吉が現われた。

「若旦那。いや、やっぱりあんたは幇間の三升屋《みます》三八《さんぱち》だ。勝さんに言われて、俵の閉じ方を確かめた。まさに勝さんの言うとおり。しかも、あんた、寿屋の手代に菰かぶりのつくり方を教わっていたそうじゃねえか」

仙吉は近づき、着物の前をこじあけた。

「ほう。まだ、手の痕も残っているな。乳丸は、乳の谷時代の手形がいっぱい残っていてな、それと照合させてもらうぜ」

仙吉の言葉に、調七郎はがっくり膝をついた。

六

小吉は浮き浮きする気持ちを抑えつけられずにいた。

昼間、礼にやって来た質屋の三右衛門と、こんな話をしていたのである。

「謎を解いたんだ。礼は期待していいんだろうな」

「わかりました。芸者でいいんですか？」

「おいらに言わせるなよ」

「では、きれいどころをごそっと」

三右衛門はそう約束していったのである。

今回は、又四郎を呼ぶのはやめにした。あいつは変に照れ屋のところがあり、逆に芸者なんぞは、そこが初心《うぶ》で可愛いなどと思ったりしかねないのである。

やはり、もてるのは主賓一人でなければならない。

きれいどころがずらり。

どんな唄を聞かせてくれるのか。

唄に飽きたら、おいらの芸を見せてやってもいい。あの檻渡りを見せると、皆、仰天する。さらに、足を格子のあいだに突っ込んで、上半身を寝かせたり起こしたりするやつもやってやるか。あれなんかも、やれるのはおいらくらいのものだろう。

何人かいれば、おいらと気の合う芸者だって出て来るに違いない。

あたし、なんだか酔っちゃった。今宵《こよい》はここに泊まっちゃおうかしら。あたし、檻の中っていっぺん寝てみたかったの。

――まいったなあ。

小吉の顔はすでににやついている。

「こんばんは」

声がした。この前の声とはちょっと違う。

かすれている。嗄《しわが》れていると言ったほうがいいかもしれない。

「おう、入ってくんな」

カギは場所を教えた三右衛門から預かってきたはずである。

「それじゃあ、失礼しますよ」

ぞろぞろ、ぞろぞろ、芸者が餌場に入る豚のように入って来た。

ただ、なんとなくようすが変である。

「あれえ？」

顔を見ると、どの妓もどの妓も皺《しわ》が深い。ぶあつく塗った白粉でも、埋めきれないほど深い皺が刻まれている。

「なんだ、おめえら？」

文句を言おうとしたとき、

「ねえ、お前さま」

「あっ、おのぶ」

麟太郎を抱いたまま、おのぶが檻の前でこっちを睨《にら》んでいた。

「きれいどころをそっと入れてくれとおっしゃったんだそうですね」

「そ、それは」

「そっとなどとおっしゃらずに、どうぞ目いっぱいはしゃいでくださいな。三右衛門さんに頼んで、元きれいどころに大勢来ていただきましたから」

「え、そんな」

唖然《あぜん》としている小吉に、

「本日はお招きいただきまして」

元きれいどころで、元相撲取りのような芸者が頭を下げた。

「招いてなんかいねえよ」

「嬉《うれ》しくて置屋あげて駆けつけて参りました」

「来なくていいよ」

「それでは楽しい唄の数々を」

「耳聞こえねえのかよ」

「ぺんぺんぺんぺんぺん」

「勘弁してくれよ」

小吉はもう泣きそうである。

犬の切腹

一

小吉はなにもしたくなかった。

檻《おり》の外を秋風が吹いていた。落ち葉がかすかな音を立てて転《ころ》がり、どこかから銀杏《ぎんなん》の実の臭《にお》いがしてきた。

空《むな》しかった。檻から出してもらえそうなようすはまったくなく、外での評判はますます悪くなっているという噂《うわさ》も伝わってきた。

——一生、座敷牢《ざしきろう》暮らしなのか。

そう思うと、さすがに泣けてきた。

だったら勘当《かんどう》でもなんでもしてくれたらいいではないか。

この世には、勘当という素晴らしい制度があるのだ。自分の息子が手のつけられない馬鹿息子に育ってしまったら、

「お前は勘当だ！」

と、言い渡せばいい。そして、勘当したむねを上役だとか町役人とかに届け出さえすれば、もう縁は切れるのである。

あとは、なんの責任もない。ひどいことをしでかして獄門首になろうが、親や家に対する咎《とが》めもない。世間のほうも、「あれは勘当された息子だから」と、親への目も同情的だったりする。

ましてや、勝家には養子に入った身である。さっさと勘当し、次の養子を見つければいいではないか。

「おいらだって、つらいぜ、こんな暮らしは……」

涙を流しながら格子に頭をつけていると、

「いやあ、驚きましたよ」

暢気《のんき》な声がした。

早川又四郎である。小吉は慌《あわ》てて、大あくびをしたふりをし、涙を袖《そで》で拭《ふ》いた。

「なにに驚いたんだよ？」

「犬が切腹したらしいです」

「おめえ、見たのかよ、それ？」

「いや、わたしは見てませんが」

「犬が正座して、短刀をつかみ、腹に突き立てるのか？　おめえも、いよいよ話に困って、くだらねえホラ話をするようになったか」

　小吉は不機嫌そうに言った。

「いや、もちろんわたしだって、そんな作法どおりに犬が腹を切るなんて思っていませんし、ホラでもありません。ただ、腹に真一文字の傷がある犬がうろうろしていて、それを見かけた近所の連中が、そんなふうに騒いでいたわけです」

　かわいそうな犬が、腹の傷から血を流しながらとぼとぼ歩いている姿が、瞼《まぶた》の裏に浮かんだ。まるで自分のような気がした。

「真一文字の傷？　犬は死んでしまうだろうが」

「それがちゃんと縫《ぬ》われていて、傷もよくなりかけているようなのです」

「縫われていた？」

　それはたしかに妙な話である。

「しかも、近所でじっさい腹を切って亡くなった浪人者がいたのです」

「なんだ、それは？」

「その浪人者は、八十島八兵衛《やそじまはちべえ》といいました。浪人してからだいぶ経《た》っていて、ご内儀《ないぎ》は去年、病で亡くなりましたが、娘は素直で優しい娘に育っており、とても腹を切る理由があるようには見えなかったそうです」

「へっ、人の苦労なんざ他人には、わからねえんだ」

「そりゃそうです。でも、実の娘がそう言っているのです。なんで切腹なんかしたのか、さっぱりわかりませんと」

又四郎の台詞《セリフ》に、女言葉の気配があった。

——こいつ、直接娘から話を聞いたんだ。

それで同情し、なんとかしてやろうとでも思ったのだろう。

小吉はふいに話を聞く気を失い、

「なんか眠くなってきた」

と、横になった。

「謎じゃないですか？」

「なにが？」

「犬の切腹と、八十島八兵衛の理由のない切腹。それが相次いだのですよ」

「その二つは、関係あるのか？」

「あるに決まっているじゃないですか。奇妙なことが同じ町内で立てつづけに起きたんですから」

「謎だけど、おいらは知ったこっちゃねえよ」

「どうしてですか？　もしかしたら、切腹などではなく、殺しかも知れないんですよ」

「殺し？」

「でしょう？　死ぬ理由がないんですから」

「殺しだったとしても、それをおいらが解いてなんになるんだ？」

小吉は冷たい口調で言った。

「なんになる？」

又四郎は唖然《あぜん》となった。

「おい、又四郎。謎を解くってのは、もの凄《すご》く頭を使うことなんだぞ」

「そうでしょうね」

「ああでもねえ、こうでもねえと、考えに考えて、解き明かすものなんだ。一つ謎を解くとぐったり疲れ果て、二、三日は飯も喉《のど》を通らなかったりするんだ」

嘘《うそ》である。逆に気分は高揚し、飯がうまかったりする。

だが、又四郎は本気にしたらしく、

「そうですか」

と、がっかりして帰って行った。

それから四半刻《はんとき》（約三十分）もしないうちである。

「勝さん、この子なんですよ。切腹した浪人者の娘というのは」

と、又四郎は十六、七の娘を連れてやって来た。

「八十島絹《きぬ》といいます」

小柄な、可愛《かわい》らしい娘である。

「知り合いか？」

「いや、たまたま犬の話を聞いたときに居合わせて、お絹ちゃんのお父上もおかしいよねって話になって」

「なるほどな」

小吉はうなずいた。

いま、嫁が欲しくてたまらない又四郎は、この娘に親切をしてやり、あわよくばという魂胆《こんたん》なのだろう。

「ほんとに不思議なんです。父は前の晩も明るい調子で話をしていましたし、もしかしたらちょっとしたお金が入るかもしれないとも言っていたのです。切腹なんかするわけありませんよ。勝さまは、檻の中にいながらも、巷《ちまた》の奇妙な謎を解き明かしてしまう凄いお方と伺《うかが》いました。ぜひ、父の死の謎を明らかにしていただけませんか？　お願いします」

お絹は深々と頭を下げ、又四郎にうなずくと、踵《きびす》を返した。

又四郎はその後ろ姿を見送り、

「そんなわけなんです。勝さん、お願いしますよ。これはなにか利益には結びつかないかもしれませんが、人助けなんです。人助けがつづけば、ここから出してもらえる目も出てくるじゃないですか」

小吉はそういう又四郎の顔を見つめ、

「だったら、お前が解けよ。そうしたらいいところを見せられるだろうが」

と、意地悪そうに言った。

「わたしが？」

「おいらが解いたって、おめえの株なんか上がらねえだろうが」

「それは、わたしにできるくらいなら、わたしがやりますよ」

又四郎は、情けなさそうに言った。

「おいらも手伝ってやるよ」

「はあ」

「やれるよ、おめえなら」

「わかりました。やってみます」

毅然《きぜん》とした口調で言った。

「そうだよ。意外にそっちの才能があるかもしれねえぜ」

お世辞《せじ》である。

又四郎にはどう見てもそんな才能などない。

「探索のコツのようなものはありますか？」

「そうだな。おいらは檻の中にいて外の謎を解くのに不自由でいけねえ。これで檻から出してもらい、謎を解こうってときは、とにかく足マメに歩き回るだろうな」

「じゃあ、わたしもそうします」

又四郎は、あふれる希望に頬《ほお》を染《そ》めて——といった顔で帰って行った。

二

翌日——。

又四郎は、一度だけちょうどお昼どきにちらっと姿を見せたが、

「暮れ六つ（午後六時頃）ごろにまた来ます」

と、すぐにいなくなった。

明け六つ（朝六時頃）から行動を開始し、昼も握り飯を食いながら調べて回るのだそうだ。足マメにというのを忠実に実行するつもりらしい。

小吉は今日も元気がわかず、一日中、横になっていた。

暮れ六つから四半刻ほどして、又四郎がかなり疲れた足取りでやって来た。

「よう、どうだった？」

「はい。今日はとにかく、切腹した犬のことを徹底して調べようと思いまして」

「ふうむ」

犬と人なら人が先だろうと思ったが、それは言わずに我慢した。せっかくやる気になったところに、水を差してはいけない。

「聞き込みをつづけた結果、犬のことがだいぶわかってきました」

又四郎はそう言って、持っていた手帖《てちょう》を開いた。反故紙《ほごがみ》を綴《と》じてつくったらしい粗末な手帖に、字がびっしり書き込まれているのが見えた。

「ほう。聞かしてもらいてえな」

「まず、腹を切った犬の名前は、茶々《ちゃちゃ》と言います。名前の由来は、茶色の毛で、メスだったからだそうです」

「茶々ねえ」

　ほんとは犬の名前などどうでもいい。

「なかなかの器量良しで、名前も似合っていると思いました」

「おめえ、犬の器量がわかるのかよ？」

「いえ、それは飼い主である相生町五丁目の下駄《げた》屋の婆《ばあ》さんの言葉です。それで、生まれは今年の正月で、母は同じ飼い主が飼っていたマツ。父は誰なのか、いまだに見当がついていません。ただ、婆さんは、四丁目の魚屋のクロが怪《あや》しいと言ってました。それで、魚屋で確かめましたが、このクロは絶倫で、町内のメス犬はだいたい一度は胎《はら》ませているらしいです。不届き者です」

「悔《くや》しそうだな」

「それはそうですよ。さて、茶々の母のマツですが、この母犬は、ひと月前のある夜、見知らぬ犬が遊びに来ていたと思ったら、たちまち逐電《ちくでん》してしまったそうです」

「逐電ねえ」

「クロもクロなら、マツもマツだと思いました。この分だと、茶々もどんな蓮《はす》っ葉《ぱ》な娘犬になるかと思うと、下駄屋の婆さんならずとも、わたしまで心配になりました」

「犬の操《みさお》の心配までしなくていいと思うがな」

小吉は小声で言った。

「茶々はこれまで元気に育っていました。好きな食べ物はしじみ汁のぶっかけ飯で、嫌いな食べ物はネギ。ネギ入りの汁は食べないし、無理に食べさせると、ひどい下痢《げり》をしたそうです」

「…………」

「まだ、盛りはついていないですが、好きな犬はいるみたいです。それは、どうやら回向院《えこういん》裏に住む御家人の本多熊四郎《ほんだくましろう》殿が飼っている犬で、たまに通りかかろうものなら、千切《ちぎ》れるほど尻尾を振るそうです。もっとも、相手の犬は茶々にまるで興味を持たず、逆に鬱陶《うっとう》しそうにするだけで、そのうちきっぱり諦《あきら》めざるを得なくなるでしょうと、飼い主の婆さんは予想していました」

「…………」

「それで、茶々がどこかの犬に嚙《か》みついたり、あるいは道行く子どもに食いついたりして、恨みを買ったのではないか——そういう推測もしてみました。茶々はいままで人に嚙みついたことなど一度もなく、仕返しをされるなんてことは、いっさい考えもしなかったそうです」

「へえ」

「しかも、あのあたりをずいぶんうろうろしているので、いったいどこで切腹をしたのかは、皆目《かいもく》、見当がつかないそうです。以上が、今日一日、犬のことを調べてわかった結果です」

又四郎はそう言って、持っていた手帖を閉じた。

三

早川又四郎は、翌日もこの界隈《かいわい》を歩き回り、暮れ六つ過ぎに小吉の檻の前にやって来た。娘を連れて来るかと思ったら、一人だった。

昼間、立ち寄ったとき、

「今日は八十島八兵衛について詳しく調べています」

と、言っていたので、

「又四郎。これだけは調べておいてくれ。八十島の切腹は、ちゃんと作法どおりだったか。どこらをどんなふうにかっさばいたか、できれば絵にして持って来てくれ」

それだけは念押ししておいた。

「調べてきました」

そう言って、今日もあの手帖を開いた。手帖は新たに反故紙を付け足したらしく、昨日よりだいぶぶ厚くなっていた。

「おう、お疲れさん。まずは、切腹のことを先に聞かせてくれ」

「はい。これはお絹ちゃんや大家に聞いたとおりを絵にしたものです」

又四郎は、手帖とは別に、大きく描かれた絵を小吉の前に置いた。

小吉は一目見て、

「これは殺しだよ」

と、言った。俄然《がぜん》、興味がわいてきたが、それは押し隠した。

「やっぱり、そうですか」

「それで、今日、調べたことは?」

「はい。八十島さんの生まれは、霊岸島《れいがんじま》にある越前福井《えちぜんふくい》藩の中屋敷。江戸詰めの家臣、八十島金三郎《きんざぶろう》の嫡男《ちゃくなん》でした。十八のときに、父の隠居に伴い、そのまま中屋敷勤めとなりましたが、二十八のとき、屋敷内に泥棒が入ったことの警護の責任を問われ、辞《や》めなくてもよかったのを、カッとなって勤めを辞めてしまいました」

「しょうがねえな」

小吉は自分のことは棚に上げて、八十島の短慮をなじった。

「以来、ご内儀ともども長屋暮らし。娘のお絹ちゃんも、長屋で生まれ育ちました。だから、お絹ちゃんは藩邸内の暮らしは経験がなく、武士の作法などについても自信がないということでした」

「ふうん」

小吉は内心、苛々《いらいら》している。そんなことが、切腹と関係あるとは到底思えない。

「もし、武士の家に嫁に行くことになったら、作法に自信がないので苦労するとも言っていたので、わたしのような作法にうるさくない武士の四男坊といっしょになり、店でもやってはどうかと、忠告もしました」

「あ、そう」

「そして、わたしは霊岸島の越前福井藩中屋敷にも行ってみました」

「わざわざ行ったのか？」

「はい。足マメにという勝さんの教えに従いました。まずかったですか？」

「いや、いい。つづけてくれ」

「八十島さんが辞めたのは二十年前のことで、藩邸内の武士も、病で亡くなった者や、国許《くにもと》にもどった者が多く、用人の田所典馬《たどころてんま》どのという人しか知らないということでした。その田所どのによると……」

「田所にも訊《き》いたのか？」

「はい。かなり嫌な顔をされましたが、殺しかもしれないと言うと、しぶしぶ協力してくれました。八十島どのは、自ら辞めたように吹聴《ふいちょう》していましたが、実態は辞めさせられたようです」

「そうなのか？」

「あの屋敷に泥棒が入り、八十島どのは喉元に短刀を突きつけられました。それで金のありかを教えたのですが、助かりたい一心で、ほかにある千両箱のありかまで教えてしまったのだそうです」

「馬鹿かよ」

「だが、喉元に短刀を突きつけられていたら、人はそれくらい弱くなっても咎《とが》めることはできませんよ。すべての人が勝さんみたいに、命知らずの無鉄砲にはなれないのですから」

又四郎は悲しそうな顔で言った。

「それでまだあるんだろう？」

「八十島どのは、性格自体は生真面目《きまじめ》で、泥棒が入るまではなにごともそつのない仕事をしていたそうです。もし、あんなことに出遭わなかったら、いまでも藩士としてここにいただろうと。ご内儀はやはり越前福井藩士の娘で、親同士が決め、国許から連れて来て、めあわせたそうです。ただ、八十島どのはぽっちゃり型の女が好きだったのに、お内儀はほっそりしていたので、初めて会ったときはがっかりしたらしいと、それは田所どのが言ってました」

「あ、そうなのか」

小吉は気のない返事をした。

いったい又四郎は、謎を解決しようというつもりでこうした話を聞き込んでくるのだろうか。

「八十島さんは身体こそ痩《や》せていたが、丈夫だったそうです。果物が大好きで、とくに西瓜《すいか》に目がなく、夏はよく、井戸で西瓜を冷やしていたそうです。亡くなったご内儀や、お絹ちゃんも西瓜はあまり好きでなく、ときに八十島は一人で西瓜を丸一個食べてしまうこともあったそうです」

「………」

「また、八十島さんは歌舞伎《かぶき》が大好きでした。ただ、本物の舞台を観《み》に行くゆとりはないので、観て来た人からその芝居の話を、根掘り葉掘り聞いていました。それは、ほとんど唯一《ゆいいつ》の道楽で、観たことのない市川染五郎《いちかわそめごろう》を贔屓《ひいき》にしていたそうです」

「観たこともない役者を贔屓にできるのかよ？」

「器用な人だったのですかね」

「器用っていうかよ、そんなことを」

「ただ、八十島さんはご内儀が去年、急な病で亡くなったときはひどく落胆し、今度の切腹もそれが原因だったんじゃないかと言っている者もいるそうです」

「急な病ってなんだよ？」

「どうもはっきりしない食当たりみたいなものだったそうです」

「ふうむ」

「どうです？　なにか、わかってきましたか？」

「さっぱりわからねえよ」

「わたしもです。なんだか聞けば聞くほど謎が深まっていき、頭が混乱してきて」

又四郎は急に頭をかきむしり始めた。

「おい、大丈夫か？」

「いや、大丈夫です。だが、やっぱり勝さんは凄いと思いました。こんな難しい謎を解き明かすのですから」

「いや、おいらだって解けるかどうか、わからねえよ」

「そこをぜひ」

「ずいぶん詳しく調べてくれたけど、茶々と八十島はなにかつながりはあったのか？」

「つながり？」

きょとんとした顔をした。

「いや、いい。たぶんねえんだよ」

おそらく下手人にだけあるつながりで、当人というか八十島と茶々のあいだにはなんのつながりもないのだろう。

「わたしは明日から茶々を連れて、この界隈をぐるぐる回ってみます。茶々の腹を切ったやつには、かならず吠《ほ》えかかったりすると思いますので」

「ああ、それはいいかもな」

小吉は力なく言った。

四

翌日——。

小吉は朝から又四郎の手帖を前に、いろいろ考えていた。

だが、なかなか糸口が見つからない。

昼間になると又四郎が犬を連れてやって来て、

「勝さん。この犬の傷を縫ったという者を見つけました」

と、言った。

「縫った?」

「ええ。仕立てをしている長屋の女房でした。犬がきゃんきゃん鳴いているので、なんだろうと出て行ったら、腹を切られていたんだそうです。それで、内臓が出ないように押さえながら、得意の針と糸で縫い合わせてやったんだそうです」

「仕立て職の仕事だったか」

「犬が大好きで、怪我《けが》しているのを放っとけなかったんだとか」

「可愛い犬じゃねえか」

と、小吉は綱でつながれた犬を指差した。まだ子どもで、小柄な身体である。縫い目を見ると、なるほど細かくてきれいに揃《そろ》っている。

「可愛いんですよ。賢《かしこ》いですし」

「賢そうな顔だよ。歩いていると、おめえが連れられて歩いているみてえだ」

「そりゃあないでしょう。でも、この犬ならおそらく腹を切った男を見つけたら吠えるはずですよ」

「まあ、しっかりやってくれ」

小吉はそう言って、又四郎を送り出した。

そこからまた、小吉は考える。

犬のほうは、誰かが切り裂き、仕立て職の女房が縫ってあげた。

浪人の八十島八兵衛のほうは、もっと下腹をかっさばくはずが、ずいぶん上を切っている。あんな切り方はない。ということは、八十島は誰かに殺害されたのだ。

だが、いったいどんな関わりがあるのか。

又四郎は、やたらとどうでもいい話を集めてきた。

犬の名前は茶々。

犬なんか犬でよかったのだ。

母はマツで、父はクロかもしれないときた。しかも、マツは新しいオス犬とできて、逐電した。

それと、腹を切られたことと、どう関わるのか。

嫌いな食べものはネギ。

というか、犬にネギを食わせたら駄目だろう。どの犬だって下痢したり、血便を出したりする。あの馬鹿はそんなことも知らないのか。

八十島八兵衛は、西瓜が好物だった。丸一つ西瓜を食うことと、殺されることと、なにか関係があるとでもいうのか。

歌舞伎も好きだが、じっさい観たことはなく、観たこともない市川染五郎が贔屓だったときた。

それのなにが殺しだの切腹だのに結びつくのか。

今回は知っていることが多すぎる。逆に、それでわけがわからなくなってきた。

いままでは、入って来た数少ない証言だけでいろいろ推理した。確かめたいところだけを、又四郎に調べさせた。

だからこそ、解けていたのかもしれない。余計なことに対して、見ざる、聞かざるでいられたから、よかったのかもしれない。

いまや、頭のなかでいろんな話が渦を巻いていた。

二十年も前に福井藩邸に入った泥棒が怪しいのか？

歌舞伎の話を根掘り葉掘り尋ねられる近所の者が、うんざりして殺したのか？

あるいは、マツに裏切られたクロの飼い主がやったのか？

――ああ、わからねえよ！

小吉は力尽きた。

五

「お前さま。ちょっと。お前さま」

おのぶが呼んでいた。

小吉はいつの間にか寝入っていたらしい。

あたりを見ると、だいぶ薄暗くなっていた。秋の陽《ひ》はつるべ落としである。

「どうした？」

「麟太郎が熱を出したんですよ」

「熱を……」

丈夫な子で、熱なんか出すのはめずらしい。

「いま、お医者を呼んで来るから、麟太郎を檻の中に寝かせておいてくださいな」

「わかった。医者は誰を呼んでくる？」

「良庵《りょうあん》先生が往診に出てるので、ほかの先生を探しますよ」

「ああ。できれば蘭方《らんぽう》を探せ。漢方はどうも怪しいのが多いからな」

おのぶにそう言った。

麟太郎は、小吉の布団《ふとん》に寝かせた。

一見気持ちよさそうに寝ているが、額《ひたい》に手を当てると、たしかに熱がある。咳《せき》は出ていない。ただの風邪でなかったらなんだろう。変な病でなければいいのだが。

四半刻ほどして、

「お前さま。漢国堂《かんこくどう》先生です」

と、あわてておのぶが医者を連れて来た。

髭《ひげ》を生やした五十がらみの男で、医者というよりは八卦見《はっけみ》みたいな顔をしていた。漢国堂という名前も医者のものとは思えず、蘭方でないことは明らかだった。

「なんじゃ、ここは？」

漢国堂は檻を見て、呆《あき》れたような声を上げた。

「はい。ちょっとわけがあって」

と、おのぶがわきから言った。

「病人を檻の中になんか入れては駄目だ。治るものも治らなくなるぞ」

そんなことは関係ないだろうと言いたかったが、小吉はぐっと我慢した。

檻から出した麟太郎を母屋《おもや》のほうに連れて行こうとするので、

「いいからそこで診《み》てやってくれ」

と、小吉は檻の前を指差して言った。

檻から布団を出し、そこへ麟太郎を寝かせた。

顔色を見、舌を見た。

「この子は疳《かん》が強いな」

漢国堂は言った。

麟太郎はそれほど疳が強いということはない。いつもにこにこして、機嫌のいい子どもである。

――おそらく、おいらが座敷牢に入っていることで言ったのだ。

いい加減な医者に違いなかった。

「疳が強くて熱を出したって言うのか?」

「そうじゃ。いま、薬を処方する。少々高いが」

小さな薬箱を開けた。

ほとんど数種類しか薬は入っていない。これを適当に組み合わせて使うだけなのだ。

「あんた、蘭方は学んだかい？」

と、小吉は訊いた。

「蘭方だと？」

漢国堂の顔色が変わった。

「ああ。漢方の医者は、誰でも適当になれる。そこらの言い伝えを、もっともらしく言いかえ聞かせる口のうまさがあればな。だが、蘭方の知識は学ばないとわからねえ。つまり、学ぶという努力をした証明になる。医者ならそれくらいのことはしなくちゃ駄目だろう」

「馬鹿なことを言うな」

「馬鹿なこと？」

「蘭方の医者なんてのは、腹さえ切ればどうにかなると思っている。だが、人の腹を切る機会はなかなかないものだから、犬の腹なんか切って、なかをのぞこうとするのだ。そこらの犬の腹を切ったりするのは、あれはみな、蘭方の医者のしわざなんだぞ」

唐突にいきり立った調子で言った。

「ほう、そういえば、そんな噂を聞いたな。犬の腹が切られたって」

「そうだろう。これからも腹を切られる犬は続出するはずだ」

漢国堂はそう言って、薬の調合を始めた。

——こいつがやったのだ。

と、小吉は思った。

蘭方の医者は、犬の腹をのぞいて、人の腹のなかを想像する。そんな噂をばらまきたくて、犬の腹を切ったのだ。

こんな野郎が調合した薬を、麟太郎に飲ませたくない。

それをおのぶに伝えたいが、湯を沸かしてくると、席を立ってしまった。

迂闊《うかつ》なことを言うと、麟太郎になにかされそうで怖い。

と、そのとき——。

「いやあ、今日も疲れましたよ」

そう言いながら早川又四郎がやって来た。

いっしょに来た茶々が、漢国堂を見ると、
ガルルル……。

と、唸《うな》り始めた。

「おい、どうした、茶々？」

「わんわんわん！」

今度は激しく吠えた。

「なんだよ、お前が吠えるなんてめずらしいな」

又四郎は暢気な声で言った。

いったいなんのために犬を連れて歩いているのか、それすら忘れてしまったらしい。

「又四郎、ちょっと」

小吉はさりげなく、檻の隅《すみ》のほうに又四郎を呼んだ。

「なんです？」

「あの医者をふん縛れ」

「え？」

「あの野郎が下手人だ。あいつが茶々の腹を切り、おそらく八十島八兵衛も殺して腹を切ったんだ」

「だから、吠えたんですね」

「早く悟れ、この馬鹿」

小吉はなじった。

こういうときの又四郎はちゃんと役に立つ。

さりげなく漢国堂の近くに行くと、すばやく腕を取り、後ろにねじり上げた。

「痛《い》たたたっ。なにをする？」

「いいから又四郎。縛り上げろ」

小吉はそう言って、自分の帯をほどき、又四郎に渡した。

縛り終えるのを見て、

「おい、漢国堂。この犬をよく見ろ」

「え？」

暗くなってきていたので、又四郎が茶々を灯りのそばに近づけた。

「腹に傷があるだろう。この犬の腹を裂いたのはてめえだろう？」

「違う、なにを言うか。そんなふうに生きものの腹を裂いたりするのは、蘭方医に決まっておるではないか」

「そう思わせたくて、てめえがやったんだよ」

「証拠があるのか？」

「犬がてめえに向かってこんなに吠えてるじゃねえか」

茶々は噛みつかんばかりに吠えた。

「糞《くそ》ぉ、うるせえ犬だな。だが、よしんばわしがやったにせよ、犬の腹を裂くらいなんだというのか。なんの罪にもならんぞ」

「ふざけるな。浪人者の八十島八兵衛を殺したのもてめえだ」

「じょ、冗談はやめろ。なんで、わしが八十島さんを？」

「ほう。おめえ、八十島を知ってるのかい？」

「え？　まあ、ご近所なのでな」

「いや、近所ってことだけじゃねえ。亡くなったお内儀もおめえが診たんじゃねえのか？」

小吉がそう訊くと、わきで又四郎が、

「あ」

と、手を叩《たた》いた。

「八十島のお内儀は急に亡くなった。おめえは呼ばれて行ったが、病の診断もつかず、適当な薬を飲ませた。だが、八十島はそれをいぶかり、亡くなったあともおめえの治療を責めていたんじゃねえのか？」

「あの糞浪人が、わしのことを藪《やぶ》だのとぬかしおって」

「藪だろうが」

と、小吉は思わず笑った。こいつを藪と言わずして、いったい誰を藪というのか。

「しかも、金までゆすり取ろうとしたのだ」

「そういえば、まもなく金が入ると、八十島さんは言ってましたね」

と、又四郎は言った。

「そうだ。あの野郎、診立《みた》て違いを訴えられたくなかったら、わしに五十両払えと言っていたのだ」

「それで、八十島さんの家に行ったとき、さりげなく白湯《さゆ》にでも混ぜて毒を飲ませたんだな。しかも、毒で殺したとばれないよう、切腹を装《よそお》ったのだ。だが、馬鹿のやることとは違うぜ。切腹で、あんな上をかっさばいたりはしねえ。しかも、切っ先は右から刺して、左に引いてあった。ほんとの切腹なら逆になるんだよ」

「あの野郎、わしがお内儀の見舞いに西瓜を持って行った恩も忘れて」

「そうなのか」

「あいつが好きな歌舞伎の話もずいぶんしてやったのに」

「…………」

関係ないと思っていた話は、ちゃんと殺しの理由にもつながっていたらしい。

「糞ぉ！」

漢国堂は悔しそうに叫んだ。

すると、それまで寝ていた麟太郎が目を覚ました。

「チチ！」

かわいい声で小吉を呼んだ。

元気そうな声である。疳の強さなどまったく窺《うかが》えない。

漢国堂の大声で飛んで来たおのぶが、麟太郎の額に手を当てた。

「あら、麟太郎の熱が下がっている」

「よかったぜ。この野郎のろくでもねえ薬を飲ませなくて」

なんだか、麟太郎がこの謎を解くために、熱を出してくれたみたいだった。

次の日――。
てっきりお絹を連れて嬉しそうな顔でやって来るはずの早川又四郎が、疲れ切った足取りで小吉の檻の前に立ったのは、お昼もだいぶ過ぎてからのことだった。

「なんでえ、その冴《さ》えねえ顔は？　漢国堂はちゃんと白状したんだろう？」

昨日、岡っ引きの仙吉を呼び、事情を説明して、身柄も引き渡したのである。

そのまま茅場《かやば》町あたりの大番屋にぶち込み、厳しい取り調べがおこなわれたはずだった。

「ええ。すっかり観念して、洗いざらい白状したそうです」

「それでおめえはそのことを、お絹ちゃんに報《しら》せてやった。おめえの株だって、だいぶ上がっただろうよ」

「それは感謝はされました。もう一人の男といっしょにね」

「もう一人の男？」

「はい。お絹ちゃんは昨日の昼、近くの団子屋の若いあるじから嫁に来てくれと言われたそうなんです。以前から言い寄られていたらしく、あんまり好きな男ではなかったそうですが、父親も失《な》くし、寂しい気持ちでいたので、つい申し出を受けてしまったんだそうです」

「ふうん」

「昨日の昼ですよ。勝さんがわたしに謎を解けなどと言わず、さっさと自分で解いてくれていたら」

「あ、てめえ、おいらのせいにするつもりか」

これには小吉もムッとした。

「いや、そこまでは言いませんが」

「そういうことだろうが」

「だって、勝さん。あんないい子を、目の前で釣り落としたんですよ」

又四郎はそう言ってしゃがみ込んだ。

通りのほうから冷たい風が吹いてきて、又四郎の頭に枯れ葉をぴたりと貼りつかせていった。

幽霊駕籠《かご》

一

ひと月ほど前の話である。

勝小吉が檻《おり》の中で、退屈のあまり昼寝をしていると、相生町から緑《みどり》町界隈《かいわい》を縄張りにしている岡っ引きの仙吉が、

「どうも、ご無沙汰《ぶさた》いたしております」

と、顔を出した。

小吉は横になったまま、

「よう、おめえか。元気でやってるか？」

からかう口調で言った。

「おかげさまでどうにか」

「悪党に刺されないでいるだけでもありがてえと思いな」

「へえ。勝さまもお変わりなく？」

「変わらねえよ。変わりてえのは山々だが、こうも生きる世界が狭《せま》くっちゃ変わりようがねえ。アリだってもうちょっと広く世の中を動き回ってるぜ。これでお

いらが蝶々《ちょうちょう》だったら、檻の中でさなぎになって、羽根を生やして飛び立っちまうんだがよ」

小吉がそう言うと、仙吉は身をよじるように、しかし声には出さず笑いながら、

「勝さんが蝶々ねえ。蛾《が》だったらわかりますが」

「なんだと」

「あ、いえ、冗談ですよ」

「なんか変わったことはねえのか？」

小吉が訊《き》くと、仙吉はちょっと考えて、

「そういえば、この近くでちょっと怪談めいた話がありました」

と、切り出した。

「怪談かあ」

あまり好きではない。たいがいのお化けの類《たぐ》いは信じていないが、聞くと薄ら恐ろしい気持ちになるのが正直なところである。

「深川の海辺新田《うみべしんでん》あたりで、夜中に駕籠《かご》が呼び止められました。声をかけたのは一人のご隠居でした。駕籠屋が、さあ、どうぞと乗せようとすると、ご隠居はも

う一人乗るので、もう一つ駕籠が来るまで待ってくれと言ったそうです。駕籠屋はあまり待たされるのはたまらないなと思ったけど、幸いすぐに次の駕籠がやって来ました」

「ふん」

仙吉の声も怪談話を始めるときのように低くなっている。このわざとらしさが、小吉には腹立たしい。

「次の駕籠も止め、ご隠居はすだれを開けて、『さあ、乗って』と言いました。だが、辺りには誰もいないのです。駕籠かきたちは啞然《あぜん》として、『誰も乗ってませんぜ』と言ったのですが、『かまわぬ。駕籠代はちゃんとやるから、出してくれ』と命じたそうです」

「なるほど」

小吉はわれ知らず起き上がり、立《た》て膝《ひざ》を抱えるような姿勢になった。

怪談は夏のものというのが相場だが、寒くなりかけたころの怪談というのも、一味違う薄気味悪さがある。

「二つの駕籠はまっすぐ北へ。高橋《たかばし》を渡って、森下《もりした》あたりを抜け、二《ふた》つ目《め》橋を渡ってすぐ、左に折れました」

「なんだよ、ここらじゃねえか」

仙吉は、小吉の言葉に軽くうなずいただけで、

「さて、目的地に着き、駕籠は止められました。ご隠居は駕籠を降り、もう一つの駕籠のすだれを開け、目に見えない誰かを降ろすようなしぐさをしました。約束どおり二人分の代金を払い、ご隠居はそのまま屋敷の中へ入って行きました。駕籠屋たちは、これで総毛《そうけ》立ち、『あわわ、やっぱりあれだよ』と、腰を抜かしそうになりながら、立ち去ってしまいました。これが、近ごろ噂《うわさ》になっている幽霊駕籠の話です」

「それで終わりか？」

小吉はがっかりしたように訊いた。

「終わりです」

「よくある話だな」

小吉はつまらなそうに言った。

「そんなことないですよ。よく聞く話はこうでしょう？　女が駕籠を拾い、家に着いてから門の中に入ったきり、出て来なくなるんです。それで、駕籠屋がまだもらっていない代金を催促するのに家の中に声をかけると、家のあるじが出て来

て、それはおそらく去年亡くなったうちの娘ですってことになるんですよ」

「ああ、そうか」

「でも、こっちはずっとご隠居がいっしょなんです。こんな話、聞いたことありませんよ」

「だが、どこに幽霊が出たんだ？　幽霊なんて出てねえだろうが」

「ですから二つ目の駕籠に乗っていたのが」

「幽霊が乗っていたってか？」

「そりゃそうでしょう」

「どうかねえ」

小吉は疑わしそうに首をかしげた。

「しかも、そのご隠居はどこの誰だかわかっているんです」

「誰だ？」

「すぐそこの、なんと本多《ほんだ》さまのご隠居さまだったのです」

小吉の家のすぐ隣にある屋敷である。

この界隈ではいちばん広く、およそ四千六百坪。大名屋敷並の広さがある。

「本多の隠居？　あそこに隠居なんかいたか？」

「あ、勝さんは馬之助《うまのすけ》さまが隠居なさったのはご存じなかったのですね。あの方は、よくできた倅《せがれ》に早いとこ家督を譲《ゆず》ろうと、この春に隠居なさったのです」

「まだ若いだろう？」

「四十二だそうです。だが、ご長男の吉之助《きちのすけ》さまは二十一になられたそうです」

「ああ、そうだな。なんだ、馬之助の話だったかい」

と、小吉は嫌そうに顔をしかめた。

「お嫌いですか？」

「嫌いに決まってるだろうが。おいらと本多の家は、同じ直参旗本《じきさんはたもと》だぞ」

「そうですね」

「それで隣り合っているのに、向こうは七千石《ごく》、こっちは四十一石だ」

「あ、勝さまのところは四十一石しかないんですか？　え、それって御家人《ごけにん》の禄《ろく》高《だか》じゃないんですか？」

「正確に言うと、勝家の禄高は四十一石一斗《と》二合《ごう》六勺《しゃく》九となっている」

「細かいですね」

仙吉は笑いを嚙《か》み殺すような顔をした。

「細けえんだよ。なんだよ、二合六勺九ってのは。飯粒まで数えましたよって勘《かん》定《じょう》の仕方だろうが。おいらだってあのおババに訊いたんだよ。これで旗本ってのは嘘だろうと。御家人でも、勝家より禄高が多い家がほとんどだろうがってな」

「なんとおっしゃったので？」

「嘘じゃねえんだと。天正三《てんしょう》（一五七五）年にご先祖が長篠《ながしの》の合戦に参加し、以来、大箪笥組《おおだんすぐみ》のご譜代《ふだい》としてずっと筋目を保ってきたんだそうだ」

「天正三年というと、どれくらい前のことなので？」

「ざっと二百五十年前」

「ははあっ」

仙吉は恐れ入ったような顔をした。

「ところが、同じ旗本でありながら、こんなに差があるっておかしいだろう。こういう世の中の仕組みは？」

と、小吉は大きく出た。

「たしかに差はありますね」

「しかも向こうも寄合《よりあい》ってやつだ。小普請組《こぶしんぐみ》といっしょだよ。ほとんど仕事はない。ところが、どっちも仕事がなくてぼぉーっと座っていても、おいらは茶碗に四割一分しか飯が入っていないというのに、あいつは飯を七十杯もおかわりができるんだ」

「そういう割合になりますね」

「これを豆で言うと、あいつはぶらぶらしていても七千粒も豆をもらえるのに、おいらはたった四十一粒しかもらえねえ。こんな不公平な話ってあるか？」

「同じような喩《たと》えではあまり説得力はないような……」

「馬鹿野郎。それくらい切実なことだって言うんだよ」

「たしかに勝さんにそれで仲良くしろというのは難しいかもしれませんね」

仙吉も納得した。

「まあ、あの隠居なら、二人分の駕籠代なんざ、どうってことはないわな」

「駕籠代のことはどうでもいいとして、気になるのは幽霊ですよ」

「駕籠屋はどこの駕籠屋だ？」

「最初の駕籠は、すぐそこ、相生町二丁目の駕籠甚《かごじん》です。次の駕籠は知らないところのものだったみたいです」

「ちょうど近所の駕籠屋が来たのかよ。ずいぶん都合がいいじゃねえか」

「でも、あの道をこっちに来るなら、駕籠甚でも不思議はありませんよ」

「幽霊だって言うけど、本多の家には、誰か死んだやつがいるのか？」

「いないみたいです。とくに若い娘が亡くなったという話は聞いてないようです」

「じゃあ、おかしいだろうよ」

「おかしいですね」

「そんなたいした話でもねえことを噂になんかするんじゃねえ！」

と、小吉は怒り出した。

「あっしに怒っても」

「それは本多の隠居爺《じじ》いの頭が惚《ぼ》けたからだろう」

「いや、惚けてはいないそうです。だいいち、ご隠居はまだ四十二ですから、惚けるには早いでしょう」

「じゃあ、梅毒で頭をやられたんだ。吉原通いがひどかったんだ」

「そんなこともないみたいです。どうやら勝さんには、この話は面白くなかったみたいですね」

仙吉は言うんじゃなかったというように顔をしかめた。

「そんな町の小ネタでおいらの途方《とほう》もねえ退屈が慰《なぐさ》められるとでも思ったのか。馬鹿野郎。おいらの退屈がまぎれるような、面白い話を持って来やがれ」

二

小吉が怒ってからひと月ほど経《た》っている。

仙吉がちらりと顔を出したのは、ちょうど早川又四郎が来ているときだった。

嬉《うれ》しそうにニヤニヤしている。

「なんだよ、仙吉？」

「いや、なんでもありません。幽霊駕籠の件でちょっと進展があったのですが、勝さんはお気に召さないようでしたし」

「どんな進展だ？」

思わせぶりな態度につられ、つい訊いた。

「いや、まあ、それは。あっしもまだ探ってくれと頼まれたばかりです。うふふ」

気味の悪い笑いを残していなくなった。

「なんですか、いまの話は？」

仙吉を見送って、又四郎が訊いた。

「なあにくだらねえ話さ。隣の本多の隠居が幽霊を駕籠に乗せて連れて来たんだと」

「隣というと、本多さま?」

「ああ、穀潰《ごくつぶ》しで、糞《くそ》ったれの本多だよ」

「そういえば、昨夜、向こうの前を通ったとき、門の前に人だかりがありましたっけ。なにかあったのですか」

「バチが当たって死んだんじゃねえか」

「そんな馬鹿な」

とそこへ、駕籠甚の親方である甚五郎《じんごろう》がやって来た。

甚五郎自身はもう六十近くで、自分で駕籠はかつがない。だが、駕籠を二十丁ほど持ち、駕籠かきを大勢雇っている。両国界隈を歩けば、丸に甚の字が書かれた駕籠をよく見かけるが、それはこの店の駕籠である。

「勝さま。昨夜、うちの駕籠かきがかついで来た駕籠の中で、本多さまのご隠居が胸を一突きされて死んでいたのはご存じで?」

「ほんとに死んだのか?」

小吉もさすがに驚いた。

「ほんとにとおっしゃいますのは？」

甚五郎が怪訝《けげん》そうな顔をしたので、

「いや、わたしが昨夜人だかりがあったと言ったら、勝さんが死んだんじゃないかと冗談を言ったところだったのさ」

又四郎が弁解した。

「ああ、なるほど。じつは、本多さまのご隠居のことでは、その前から幽霊騒ぎがありましてね」

「それは聞いてるよ」

小吉はうなずいた。

「そしたら今度は殺しでしょう。しかも、殺したのは幽霊だっていうので」

「なんで幽霊が殺したことになるんだよ？」

「昨夜、うちの駕籠かきが深川でご隠居に呼び止められましてね。もう一人乗るから別の駕籠が来るまで待っていてくれと言ってきたわけです」

「前のといっしょだな」

「そうなんです。ところが、今度はもう一丁の駕籠が来たとき、どこかからふうっと女が現われたんだそうです」

「ほう」

「うちの駕籠かきたちは、前の話を聞いていたので、怖がってましたが、もう一丁のほうはなにも知らない連中だから、女を乗せると怖がりもせずあとをついて来ました。『ずいぶん軽いな』なんて言いながらかついでいたそうです」

「幽霊なら軽いわな」

「それでお屋敷の前に着いたのですが、ご隠居は降りる気配がない。おかしいと思ってすだれを開けると、中でご隠居さんが胸を突かれて亡くなっていました」

「女は？」

「はい。それで、うちのやつらがまさかとは思ったけど、もう一丁の駕籠を開けてみると、なんと女は乗っていなかったのです」

「へえ」

「そっちの駕籠屋はおったまげて、おれたちは関係ないとばかり、一目散《いちもくさん》に逃げちまいました。うちのはすぐご近所の方ですし、番屋に届け、きちんとお調べをしてもらっているのですが……」

甚五郎は口ごもった。

「なんだ？」

「仙吉親分によれば、どうも定町《じょうまち》回りの同心さまは、殺したのは幽霊だってことで納得しているらしいのです」

「町方は馬鹿ばっかりだからな」

「そうなると、今度はうちの駕籠かきたちが夜の仕事を嫌がるんです。うちは夜こそ稼ぎどきで夜出てもらわないことには儲《もう》からない。聞けば勝さまはそうした奇妙な謎を解き明かす達人だとか。ぜひ、勝さまに謎を解いていただけないものかと」

「本多の家の謎かよ」

　小吉は気が進まない。

「そこをなんとか」

「もし、やっぱり幽霊のしわざだったとなったらどうするんだ？」

「そんときは、うちの駕籠かきたちを連れて、大々的にお祓《はら》いをしなくちゃならねえでしょうな。ただ、あっしはどうも信じられねえんで」

「まあな」

「うちの駕籠かき連中も、勝さまのことは憧《あこが》れてましてね」

「憧れ？」

「そりゃあ、あいつらは憧れますよ。なんせ本所一喧嘩《けんか》が強いことで有名だったお人ですから。加えて謎解きの名人ぶりを見せつけようものなら、どれだけ尊敬しますことやら」

めずらしく褒《ほ》められて、小吉は謎解きを引き受けることにした。

三

まずは、駕籠甚の駕籠かきを呼び、詳しく話を訊くことにした。

一回目に乗せたときと昨夜では駕籠かきが違うので、四人がぞろぞろやって来た。

「いやあ、勝さまにお目にかかれて光栄です」

「あっしもずっと憧れてました」

目の輝きぶりを見ても、まんざらお世辞《せじ》ではなかったらしい。

「檻に入られているとは聞いていたのですが、お見舞《みま》いにも来れず、申し訳ありません」

「さすがに立派な檻に入られてますね」

などと、檻まで褒められる始末である。

「ま、檻のことはいいとして、さっそく訊きてえんだ。まずひと月前のことだが、ここまで運んで来るとき、なにか変わったことはなかったのかい？」

「変わったことですか？」

「駕籠がびっしょり濡《ぬ》れていたとか、代金をもらったと思ったら、木の葉だったとか」

「いや、幽霊が乗ったのはうちの駕籠じゃなかったですが、濡れてたなんてことはなかったと思います。銭もちゃんとしたやつでした。あ、そういえば……」

「なんでえ？」

「途中でご隠居は駕籠をとめ、なにか隣の客に話しかけていたんです。もちろん誰も乗っていない駕籠ですから、返事なんかあるわけありません。気味が悪いなあと思いながら、あっしらは話が終わるのを待ってました」

ひと月前に運んだ駕籠かきの片割れがそう言うと、

「あ、それは昨夜もありました」

と、昨夜の駕籠かきが言った。

「それはどれくらいのあいだ、しゃべっていたんだ？」

「けっこう長いことしゃべってましたよ。あっしらも一服できるくらいに」

「なんの話をしてたかわからねえのか？」

「ひそひそ声で聞こえなかったんです」

「どのあたりで？」

「あっしらは五間堀《ごけんぼり》を渡ったあたりでした」

「昨夜もそうです」

「駕籠を並べたんだな？」

「ええ。ご隠居が、話があるからそうしろとおっしゃったので」

「なんだよ、かんたんな話だろうが。そのときに女が隠居を殺し、逃げちまったんだろうよ」

「いや、逃げてません。そのあともいましたから」

「なんでわかる？」

「ときどき女は走ってる駕籠の中で笑ったんです。おっほっほっほって。気味の悪いのなんのってなかったですよ」

「笑ってた？　頭がおかしくなった幽霊かな」

「そう思ったら怖いですよ」

「いやあ、やっぱり本物の幽霊じゃねえな」

と、小吉は決めつけた。

「なんでわかるんで？」

「わざとらしいよ。本物の幽霊ってのは、もっとさりげなく出るもんだ。おめえたちを怖がらせようと、わざとやっていたんだ」

「言われてみると」

四人の駕籠かきたちはいっせいにうなずいた。薄々妙な感じがしていたのだろう。

「だいたいがはっきり姿を見たんだろ？」

「ええ、まあ。暗かったですけど」

「顔は？」

「うつむき加減でしたが、若くていい女でした」

「足だってあったんだろ？」

「そりゃあ歩いてましたから」

「そりゃあぜってえ幽霊なんかじゃねえ。だが、ご隠居はさも幽霊であるかのように思わせた」

「あれが幽霊じゃなかったとすると、そうですね」

「そのほうが謎だよな」

「ははあ」

四人は感心したようにいっせいにうなずいた。

「ただ、おめえたちを脅《おど》かしたかったのかな？」

「あっしらを脅かしたって、とくに面白いことはねえでしょう」

「だよな。だが、別に口止めなんかされてねえだろ？」

「されなかったです」

「だったら、おめえらも方々でその話をして回るよな」

「そりゃあ、まあ」

「だとしたら、噂が回っていることは、本人の耳にも届いていただろうな」

「すくなくともあそこの女中たちは知っていました。ほんとなのって訊かれましたから」

「ふうむ」

小吉は腕組みし、しばらく首をひねってから、

「ところで、殺された隠居ってのは、おめえたちから見て、どんなやつだったん

だ？」

　と、訊いた。

「気前のいい人でしたよ」

「そうなのか？」

「ええ。駕籠代なんかもたんまりはずんでくれましたし。だから、昨夜もあんまり乗せたくなくても、乗せてしまったわけです」

「駕籠はしょっちゅう使っていたのか？」

「そうですね」

「吉原行きかい？」

「いや、吉原より深川で芸者を揚《あ》げるのがお好きでした。それで、一時期は……」

　駕籠かきは言いにくそうにした。

「なんだよ？」

「あっしが言ったとわかると困るんです」

「おめえから聞いたとは言わねえよ。だいいち、おめえの名前も知らねえし」

「あ、そうですね。じつは、今年の春ごろまで深川に妾宅《しょうたく》があって」

「妾《めかけ》？　外にか？」

小吉は意外そうに訊いた。大名だの大身《たいしん》の旗本だのは、こそこそ外に妾を囲うなんてことはしない。堂々と屋敷に入れて可愛《かわい》がる。なにが悪いってなものなのだ。

「森下の田安《たやす》さまの前にある、二階建てのこじゃれた家でしたよ」

「よっぽど屋敷には入れられねえような、ひでえ女だったのか？　とんでもねえ
あばずれとか、夜中になると首が伸びるとか？」

「首のことは知りませんが、少なくとも見送りに出たようすからは、気だてのよ
さそうな女でしたよ」

「すると奥方ってのが、よっぽどヤキモチ焼きなのか」

「本多さまの奥方さまは、たしかもう亡くなったはずですぜ」

「だったらなおさら妾を屋敷に入れてもいいはずだろうが」

小吉は怒ったように言った。

「さあ、あっしらはお屋敷の中のことはわからねえもんで」

「その森下の女とは違うんだよな？　幽霊になってたのは」

「違います。森下の女は、すらりと背が高かったですが、昨夜の女は小柄な身体《からだ》

つきでしたから」

「昨夜のもう一組の駕籠屋だが、逃げたってのは解《げ》せねえな」

「そうですね。だいぶおったまげて逃げ出し、面倒だから、もう名乗り出たりはしないでしょう」

「なあるほど」

小吉が見得《みえ》でも切るように首を傾《かたむ》けると、

「もう、なにかわかったんですか？」

四人は顔を輝かせた。

「だいたいのところはな。だが、肝心のところがわからねえ」

つまり、本多馬之助の芝居の意味である。

四

翌日――。

小吉は夜通し考えて、おおまかなところは見えてきた。

本多の爺いを殺したのは、駕籠に乗った女か、駕籠かきの二人だろう。駕籠甚のやつらは、どう見ても下手人ではない。だいいち、下手人ならいまごろはトンずらしていることだろう。

やったのは、五間堀で二つの駕籠が並んだときである。駕籠甚の連中が一服している隙《すき》に、女か駕籠かきのどっちかが本多の爺いの胸を一突きした。

それで、本多の屋敷の前に着き、爺いが殺されていたので仰天している隙に、女はそっと逃げて行った——じっさいはこんなところだったに違いない。

ただ、幽霊騒ぎはなんのためだったのか？

下手人は幽霊だとしたかったからか。であれば、なんで爺いは自分が殺されるための手伝いみたいなことをしたのか？

このあたりになると、さっぱりわからない。

それがわからないと、逃げた女や駕籠かきを捕まえるのも難しそうである。

小吉が一生懸命考えを詰めていると、

「お〜ばぁ〜けぇ」

急に後ろで声がした。

「おう、びっくりした！　なんだ、麟太郎。いつの間に来たんだ。チチはまるで気づかなかったぜ」

「麟太郎、お化けのふりちた」

「ああ、可愛いお化けだぜ」

「怖いよぉ。お～ばぁ～けぇ」

「おお、怖いよぉ」

と、小吉もいっしょになってふざけていたが、

「麟太郎。おめえ、なんでお化けの真似《まね》なんかしてるんだ？」

「お化けだと、チチのとこ、来ても、平気」

「ははあ。おババあたりが、あんまり檻のそばには行くなとかぬかしやがるんだな」

そう言って、

――ん？　まさかなあ。

なにか摑《つか》んだような顔をした。

それからまもなくして、
又四郎が仙吉を連れてやって来た。

「勝さん、どうです？」

「仙吉もいっしょか？」

「本多さまの屋敷の前で会ったのです」

「旗本のことなのになんでおめえが動いてるんだ？」

と、小吉は仙吉に訊いた。

「だって殺されたのは旗本のご隠居でも、屋敷の外で起きたことですし、下手人は町人かもしれません。一通りは動かないとまずいんでさあ」

「なるほど。それで目星はついたのか？」

「まったくわかりません。勝さんは？」

「だいたいはわかったんだが、いまいち納得いかねえところがあるんだ」

「だいたいでもわかったのは凄《すご》いですよ」

「ところで、仙吉、いまのあるじの吉之助とは会ったか？」

「ええ。門のところでお話を訊きました。お父上というのは好き勝手やる人だったので、なにをしていたかはまったくわからないそうです」

「どんなやつだった？」

「若いのにしっかりした人ですよ。挨拶《あいさつ》などもきちんとしてますしね」

「ばあか。挨拶のうまいやつに、いいやつなんかいるわけねえだろうが」

小吉が自信たっぷりの口調でそう言うと、

「挨拶しちゃいけないんですか？」

仙吉は呆《あき》れたように訊いた。

「いけないとまでは言わねえ。軽く頭を下げたり、微笑《ほほえ》んだりするくらいはいいさ。なにも相手にわざわざ嫌な思いをさせる必要はねえんだからな」

「勝さんはそれもしなかったような気がしますぜ」

「それはしたくないやつだったんだろう。おいらは、やたらとご丁寧《ていねい》な挨拶をするようなやつは、たいがい腹は黒いと言ってるのさ」

「そんなこと、初めて聞きましたよ」

「だから、おめえは馬鹿だって言ってんだろうが。いいか、挨拶なんか馬鹿でもできる芸なんだ」

「芸なんですか？」

「似たようなもんだろうが。頭を下げ、朝ならお早うございます、夜なら今晩は、お寒くなりました。その程度のことをぬかすだけだろう？」

「そりゃ、まあ、そうですが」

「猿でもできるようなことだ。しかも、腹の底でどう思っていたって、それくらいのことは言えるわな。それを挨拶がこの世の始まりみたいに言うやつは変だってえのさ。挨拶なんてのは腹に一物あるやつが、それをごまかすためにやることなんだ」

「じゃあ、ろくに挨拶もしない勝さんのほうが、あっしらにもきちんと挨拶してくださる本多さまよりいい人間だと言うわけですね？」

「そうだよ」

小吉がうなずくと、わきから早川又四郎が、

「でも、世間の人は本多さまと勝さんを並べてどっちが悪党と思いますかね？」

めずらしく思い切ったことを言った。

「世間は挨拶なんてくだらねえことに誤魔化《ごまか》される馬鹿ばっかりなんだよ。だから、いつまで経っても詐欺《さぎ》が横行し、世の中はよくならねえんじゃねえか」

「はあ」

小吉の屁理屈《へりくつ》に又四郎も仙吉も啞然《あぜん》とするしかない。

「だが、吉之助みてえなカタブツは、おやじが妾を囲ったりするのをどう思っていたんだろうな」

「当人に訊くしかないでしょうね。でも、七千石のお旗本を訊問《じんもん》するってことはできませんしね」

「そこが下手人に結びつくはずなんだがな」

「そうなので？」

「ああ、そうだよ。あ、あいつに訊くとわかるか」

小吉はぱしんと手を打った。

五

仙吉は、駕籠甚の駕籠かきから住まいを聞いて、死んだ本多馬之助が春ごろまで囲っていたという妾を連れて来た。

駕籠かきたちが言っていたように、すらりと背が高い。顎《あご》のあたりが細すぎる気はするが、きれいな女である。

「おう、わざわざすまなかったな」

小吉は女に詫《わ》びた。

「なんなんです？」

「本多馬之助のことを訊きてえのさ」

「亡くなったんでしょ。来る途中、この親分から聞きましたよ。あたし、春以来ずっと会ってませんよ」

「別れたのは知ってるよ。でも、なんで別れたんだ？」

「あの人の倅にひどく脅されたんですよ。おやじに囲われるのはやめろと」

「倅が親父のことで？」

「ええ、倅の吉之助って人は、恐ろしいカタブツなんです。父親もふしだらだと、ずいぶん責めるみたいでした」

「倅なんざどやしつければいいだろうが」

「でも、向こうが正論ですからね。隠居したのだって無理やりだったみたいですよ。あなたのような暮らしぶりだから、いつまでも役のない寄合でいなければならないって倅から責められたみたい」

「ほう」

「でも、あの爺さんだから、女のいない暮らしは耐えられなかったんじゃないかしら」

「ははあ」

小吉は大きくうなずいて、

「だいたいわかってきたぜ」

と、仙吉を見た。

「早く教えてくださいよ」

「まあ、待て。ところで、あんたはあの爺いとどこで知り合って妾になったんだい？」

小吉は元妾に訊いた。

「本多さまの屋敷に勤めていて、いまは駕籠屋をやっている宇蔵《うぞう》さんて人が、いい妾口があると紹介してくれたんですよ」

女がそう言うと、

「あっ、その宇蔵ってえのが」

仙吉が膝を叩《たた》いた。

「そういうことだ。あと一人、駕籠かきの仲間がいるのと、新しいお妾。そいつらが下手人だろうな」

「なるほど」

「この姐《ねえ》さんはもう帰ってもらって結構だ。すまなかったな。それでもう一つ、確かめてえことがある。また、昨日の駕籠かきたちを呼んで来てくれ」

「わかりました」

と、仙吉はすぐに駕籠かきを連れて来た。

昨日のうちの二人は出てしまっていたが、ちょうどひと月前の片割れと、爺いが殺されたときの片割れがいた。

「最初のとき、都合よく、すぐにもう一丁が来たんだろ？」

「ええ」

「どこかに隠れて待っていたってことはないか？」

「隠れてた？　それは気がつきませんでしたが、ほんとにすぐ来たんです」

「どういうやつらだった？」

「一人はいい男で、鼻の先がスッとした感じ。もう一人は、顎のところに大きな黒子《ほくろ》がありました」

「あれ、いっしょだ。女を乗せたのもそいつらだ」

一昨日《おととい》の晩にかついだほうが言った。

「やっぱりそうか。そいつらは、近くに隠れて爺いの合図を待っていたんだ」

「どういうことなんです？」

仙吉が訊いた。

「つまりあの隠居は、生身の女じゃなく、幽霊の女と付き合っていることにしたかったんだよ」

「なんでまた？」

「妾をつくればカタブツの倅に叱られる。だが、今度の妾はこの世の者じゃない。怒っても無駄だぞというんだろうな」

「そんな言い訳を倅は信じるのですか？」

「信じさせるため、まず最初に誰も乗っていない駕籠の芝居をした。駕籠甚の駕籠かきに見せたら、噂はあっという間にあの界隈に広まるからな」

「それはうまく行ったのでしょうね」

「たぶん屋敷の中でも爺いはそんなような芝居をしていたに違いねえ。ただ、屋敷内のことはなかなか外には洩《も》れねえからな」

「ははあ」

「それでしまいには、本物の女を屋敷に引き入れ、万が一気づかれても、あれは幽霊なんだと言い訳するつもりだったんだろう」

「でも、本多さまは殺されましたよね」

「それはたぶん、そんなふざけた芝居は嫌だとか女がごねたんだろうな。じっさい倅に見つかったら、なにをされるのかわからねえ。でも、爺いは盛りがついたみたいに、女を引っ張り込みたい。そこで、家はもらったし、あんな爺い、殺しちまったほうがいい。幸い、これまでの芝居を利用すれば、幽霊が殺したってことにできるはずだと」

「そうです。じっさい、町方でも下手人は幽霊だってことになりそうなんですから」

「じゃあ、あとは仙吉の出番だ。宇蔵と仲間の男女を一人ずつ、しょっぴいて来るがいいや」

六

夕方になって——。

三人の下手人を仙吉と下っ引きたちが捕まえてきた。

「勝さん。こいつらです」

宇蔵の居場所は、本多家のかつての中間《ちゆうげん》仲間が知っていて、あとは芋《いも》づる式だったという。

「ご苦労だったな。だが、手柄はおめえのもんじゃねえ。それを忘れちゃいけねえぜ」

「もちろんです。ちゃんと勝さまの手柄だと吹聴《ふいちょう》させてもらいますよ」

「頼むぞ、おい。それで檻から出してもらえるかもしれねえんだから」

と、小吉はうなずき、

「一つだけてめえらに訊きてえことがあるんだ。幽霊のふりをさせて家に入れるなんて突飛な仕掛けが、じっさいうまく行くと思ったのか？」

やけにいい男である宇蔵に訊いた。

宇蔵は皮肉な笑みを浮かべながら、

「うまく行くんですよ。なぜなら、あの家の倅のほうが、死んだ母親の幽霊と暮らしていますのでね」

「え、吉之助が？」

「五年前に亡くなった母親がいて、その霊があいつにいろいろ言うみたいです。亭主の女遊びで悩んだこととか、もっと真面目《まじめ》に生きなくちゃいけないとか」

「ははあ」

「倅は女房の幽霊を信じているくらいだから、こっちも幽霊の妾でうまく行くはずだと、あの爺いが言い出したんです」

「でも、あたしはそんな真似なんかしたくなかったし、それで、もう別れさせてくれって頼んでも、ぜったい別れないって」

女がそう言うと、

「それで家とか金はもらっていたし、爺いはさっさとあの世に行けって送り出してやったんですよ」

宇蔵は居直ったような、ふてぶてしい笑みを浮かべて言った。

檻の前に男が立った。

「あんたは……」

なんとなく見覚えがある。

「どうも、本多吉之助でございます」

丁寧に頭を下げた。これが、世間の馬鹿者どもに信頼されるコツなのだ。

「ああ、たまに顔は見てたよな」

「そうでしたか」

同じ歳《とし》なのにまったく付き合いはない。それもそうで、小吉は子どものときから悪さ三昧《ざんまい》、学問所にもろくろく行っていない。

吉之助のほうは毎日欠かさず学問所に行き、もどったあとも母親に連れられ、さまざまな習いごとに行っていた。

「なんか用かい？」

小吉はお礼を持ってきたのかと期待した。なんなら、七千石のうちの二百石くらいを回してくれてもよさそうである。

「いえ、とくに用ということは。それより、いったいなんというざまなのです」

本多吉之助は檻を見ながら笑った。

「好きで入っているわけじゃねえよ」

「だが、自業自得《じごうじとく》でしょう」

「おめえ、礼を言いに来たんじゃねえのかい？」

「礼？」

「おやじさんを殺した下手人をおいらが当ててやったんだぜ」

「正直、余計なことをしてくれましたよ」

「なんだと」

「幽霊に殺されたということで、ちょうどよかったのですよ。あなたのおかげで、おやじの女狂いだの余計なことが世間に知られる羽目になりました」

「くだらねえ見栄を張りやがって」

小吉の厭味《いやみ》にも、吉之助はなにも感じたようすはない。

「さあ、母上、帰りましょう。こんな人とはあまり話もしないほうがいい」

誰もいないはずの横に声をかけると、本多吉之助は、さっと踵《きびす》を返したのだった。

大名屋敷の座敷わらし

一

勝小吉の座敷牢《ざしきろう》の前に立った四十がらみの武士は、丁寧《ていねい》に頭を下げ、

「いまは、とある藩の者とだけ申し上げます。名は二階堂三郎《にかいどうさぶろう》と申します。じつは、勝どのにご相談がござってうかがいました」

と、言った。

「ほかの藩のお人が、誰においらのことを?」

寝転《ねころ》んでいた小吉も、さすがに起き直って訊《き》き返した。

「襖絵《ふすまえ》を頼んでいた絵師に勝どのの評判を聞きました」

「絵師?」

絵師に知り合いなどいない。

「勝どのは知らなくても、向こうはよく知っていました。それくらい本所では有名なのでしょう。向こうも有名な男です。本所緑町に住む絵師で、いまは為一《いいつ》と名乗っているが、葛飾北斎《かつしかほくさい》の名で、ずいぶん読本の絵を描いた男でして」

「ははあ」

その名前は覚えがある。たしか曲亭馬琴《きよくていばきん》の『椿説弓張月《ちんせつゆみはりづき》』の挿絵《さしえ》を描いていたのが北斎ではなかったか。

「その北斎が仕事のため当家に来ているとき、このところ当家で騒ぎになっていたことに遭遇し、謎を解《と》くのにぴったりの男がいると教えてくれたのです」

「なんの謎です？」

「じつは、この半月ほど、座敷わらしが出るのです」

二階堂は声を落として言った。

「座敷わらし？　なんですかい、そりゃあ？」

「子どものお化けのことだそうです。奥州《おうしゅう》のほうに出るお化けだそうで、それも為一が教えてくれたのです」

「奥州の人のようじゃありませんね」

「おいは違います。当藩は西国《さいごく》にあるので、なぜそんな北国《ほっこく》のお化けが出るのかというのも謎なのです」

「それで？」

と、小吉は訊いた。どうもこの武士の言うことはよくわからない。

「いったい何者なのか、本当にお化けなのか。謎を解いていただきたい」

「それは祈禱師《きとうし》あたりの仕事でしょうよ」

「祈禱師など当てにはなりませぬ。いもしない化け物がいるいると騒いで、高額な祈禱料をふんだくるだけでしょう」

「たしかに」

それにしても、小吉が頼まれる理由はわからない。

「じつは、この場所にいてちょっと言いにくいのですが、座敷わらしが出るのは、当屋敷の座敷牢なのです」

「座敷牢にねえ」

たしかに、つながりはある。

だが、座敷牢の謎だから、座敷牢に入っている者が解けるというのか。それを言ったら、殺された男の謎は、すでに死んでいるやつに訊いたほうがよくなってしまう。

「そんなもの、うっちゃっておけばいいじゃないですか」

「いやあ、奥女中たちは怖がりますし、変な噂《うわさ》が流れたりしても困るし」

「だったら、座敷牢そのものを壊してしまえば」

「それも試《こころ》みました。ところが、壊そうとすると、祟《たた》るのです」

「祟る？」

「その者に事故が起きて、怪我《けが》をしたりするのです」

「ふうむ」

　たしかに変な話である。

　しかし、他の藩の困りごとを助けてやるいわれはないだろう。

「まあ、こう言っちゃなんだが、おいらの謎解きというのは、正直言って、べつに世のため人のためにやっているわけじゃねえんですよ。他藩のお役に立って、おいらのためになりますか？」

「それはもちろん多少の礼は」

「多少のね。おいらはお見かけどおり、こうした境遇にありましてね。多少の銭なんかもらっても、使いようがないんですよ」

「それはそうでしょうな」

「生憎《あいにく》ですが」

　と、背中を向けようとしたとき、

「チチ。行こう」

　麟太郎が言った。

「どこに？」

「そこ」

と、武士を指差している。

「謎解きしてやれってか？」

「なぞなぞ。解く」

「ははあ」

このところ、ときどきおのぶがなぞなぞ遊びをしてやっているらしい。「お耳がこうなって、わんて鳴くのはなーんだ？」みたいなやつ。

それで、小吉と二階堂の話をわきで聞き、なぞなぞ遊びだと思ったらしい。

「だが、見もしないで謎を解けと？」

と、小吉は訊いた。

「いや、ぜひ、当屋敷にお越しいただきたい」

「だが、おいらはここに」

もう二年も座敷牢に入れられている。

「じつは、お父上の許しは得ております」

「そうなの」

「ぜひ」

「しょうがねえな」

引き受けることにした。内心、すこしでもここから出られるなら嬉《うれ》しい。

「お引き受けいただいたので名乗らせていただきます。薩摩《さつま》藩の者です」

「薩摩でしたか」

「では、いまからお駕籠《かご》は準備します」

「駕籠を？」

麟太郎が目を輝かせた。通りを駕籠が走ると、興味を示し、乗りたそうにするとは、おのぶから聞いていた。

思えば、息子をどこかに遊びに連れて行くなんてことも、一度だってなかったのだ。

「こいつもいっしょに連れて行ってはまずいですか？」

「いや、勝どののさえよろしければ」

このやりとりがわかったらしく、

「わーい、わーい」

麟太郎は踊るようにはしゃぎ出した。

ひさしぶりの外である。

二

駕籠を呼ぶという話になったとき、小吉の父が母屋《おもや》のほうから出て来て、唐丸《とうまる》駕籠に乗せようかなどと言い出したので、

「それなら行かない」

と、ごねた。唐丸駕籠は、大きなザルをかぶせたようなもので、罪人を乗せる駕籠である。たしかに人に褒《ほ》められることはあまりしてきていないが、唐丸駕籠に乗せられるほどひどいこともしていない。

結局、ふつうの駕籠になった。小吉としては歩いて行くほうが嬉しいが、小吉を知る者に会ったりするとまずいらしかった。

——しょせん座敷牢住まいだしな。

やはり忸怩《じくじ》たる気持ちはある。

それでも麟太郎を膝《ひざ》に乗せて、食い入るように景色を眺《なが》めた。

両国橋を渡り、馬喰《ばくろ》町などを通って室《むろ》町に出て、日本橋《にほんばし》からまっすぐ京橋《きょうばし》、

愛宕下《あたごした》と抜けて芝《しば》にやって来た。

歩いている人間が誰も彼も、小吉より立派でしっかりしているように見えた。つらいことにも耐え、いかにも賢明な暮らしを送っていた。檻《おり》の中で想像していると、この世は馬鹿ばっかりに思えるのに、自分でも意外だった。

門をくぐり、裏手のほうに回ったあたりで、

「着きました」

と、駕籠を下ろされた。

「ここが、例の座敷牢です」

二階堂が指を差したのは、剣術道場のような大きな建物である。離れになっていて、丸ごと一棟分が座敷牢になっているのだ。

「ほう」

「さあ、中に入りましょう」

閉めてあったカギを開け、二階堂といっしょに小吉と麟太郎が牢の中に入った。

「なるほど」

周囲は格子《こうし》になっている。夜などは隅《すみ》に寄せられている板戸を閉めるらしい。

どう見ても牢である。

ただ、やたらと広い。畳敷きにすれば、五十畳はあるだろう。

「五十人は入れますね」

「ちょうどそれくらいだと思います」

「本当に座敷牢なんですか？」

剣術道場かなんかにするつもりだったのではないか。

「牢でなかったら、こんな格子なんかつくりますか？」

二階堂は周囲を指差した。

「たしかに」

「もともと当時の藩主が命じてつくらせたそうです。もしかしたら、当時、多くの藩士が謀反《むほん》でも試み、その者たちを一網打尽《いちもうだじん》にしてここにぶち込むつもりだったのかもしれませんね」

「じっさいに入れられたことは？」

「ないでしょう」

「じゃあ、いままでなにに使ってきたのです？」

「なんにも。当藩はほかにも上屋敷、中屋敷、下屋敷はもちろん、多くの抱え屋敷だの蔵屋敷だのがありましてね。無駄な建物もいっぱいあって、有効利用しようなんて気持ちはないのです」

「それがいまごろになって、なんで子どものお化けが出るんです？」

と、小吉が訊いた。

「わからないんです。古くなって取り壊《こわ》そうとしたからでしょうか」

「ふうん」

どうもわからない。

まずは、座敷牢の中をざっと見た。

小吉の牢と同様、畳敷きではないので、座敷ではない。全面板張りである。座敷という言葉を狭義で用《もち》いれば、座敷牢とも座敷わらしとも言えないかもしれない。だが、小吉のいるところも皆、座敷牢と呼んでいる。

たまには掃除もしているらしく、床板に埃《ほこり》はさほど溜《た》まっていない。

二階はない。天井もない。梁《はり》や屋根板が剝《む》き出しになっている。

簡素で、これで格子がなかったら、道場にしか見えない。

ただ一つ、妙だったのは、板の間の四方に穴のようなものがあったことである。

「これはなんですか?」

小吉は二階堂に訊いた。

「なんですかね？　もしかしたら飾りの柱でも建てるつもりだったのが取りやめにしたのかもしれませんね」

「柱ねえ。この建物は何年前にできたんです？」

「五十年前に建てられたものです」

「五十年！　けっこう古いのですね」

「古いから壊してしまいたいのですよ」

小吉は紐《ひも》を借り、見取り図を描くため、あちこちを測ってみた。

これをもとに、いろいろ考えるつもりである。

だんだん暗くなってきたので、

「試しにここへ一晩だけ泊まってみたいですね」

と、小吉は言った。

「よろしいので？　じつは、泊まってもらいたいが、お化けの出る部屋に泊まれとは言い出しにくくてね」

「その座敷わらしも出てくれるといいんだが」

「さすがに勝どのだ。では、布団《ふとん》と晩ご飯を運ばせましょう」

二階堂はさっそく女中たちを呼び、布団や鍋などを運んで来た。

板戸は閉められ、風も通らなくなった。火鉢も置かれ、さほど寒くはない。

「チチ、お布団ふわふわ」

麟太郎は大喜びである。

うまそうな夕飯も並んだ。

腹一杯食べて、牢の真ん中に敷《し》かれた布団の上でぐっすり寝た。


朝起きて――。

「出ましたか？」

二階堂三郎がようすを訊きにやって来た。

「いやあ、出ませんでしたね」

とは言ったが、ひさしぶりのごちそうで熟睡してしまった。もしかしたら、座敷わらしは胸の上に乗ったり、顔を舐《な》めたりしていたのかもしれない。

三

お昼前には駕籠で本所の家にもどって来た。

またも座敷牢の中に入って、横になっていると、早川又四郎がやって来た。

「勝さん。昨日、よそに泊まりに行ったんですって？」

「ああ、よく知ってるな」

「昨日の夕方に顔を出したんです。そしたら勝さんがいないから、とうとう牢破りをしたのかと思いまして」

「馬鹿。座敷牢なんか破るか」

「どこに行ってたんです」

「ちっとな。あんまりべらべらしゃべっちゃまずいんでな。ただ、いい思いをさせてもらった」

「どんな？」

「もう、うちじゃ盆や正月にも見られねえようなごちそうだよ。しかも、きれいなお女中がお給仕までしてくれてさ」

だいぶ大げさである。ごちそうとは言っても、一汁一菜に刺身と卵焼きがついたくらいである。お女中が給仕してくれたが、飲み屋の女のような媚《こ》びを売ったりはしなかった。

「勝さん。それはないでしょう。なんで、わたしも連れてってくれなかったんですか？」

「わざわざもう一人いるからって呼びに行くのかよ。物見遊山《ものみゆさん》じゃねえぞ、馬鹿野郎」

「もう一回行かないのですか？」

「行かねえな」

「ああ、もう」

又四郎は恨《うら》めしそうに小吉を見た。

「それより、ちっと人を呼んで来てもらいてえんだ」

「誰をです？」

「葛飾北斎」

「北斎！　あの、『弓張月』の北斎ですか？」

「そうだよ。緑町の一丁目に住んでいるらしい。すぐ近所だろうが」

「売れっ子の絵師ですよ。来てくれますかねえ」

「来るよ。元はと言えば、北斎から出た話なんだ」

小吉が言ったとおり、まもなく葛飾北斎がやって来て、牢の前に立った。

いくつくらいなのか。歳《とし》がよくわからない。だが浮世絵師として、歌麿《うたまろ》亡きいま、豊国《とよくに》と並んで、二大巨匠と言われている人である。

馬琴の『椿説弓張月』の挿絵が有名だが、『北斎漫画《ほくさいまんが》』という絵の本も売れているという。

「座敷わらしの件ですかい？」

小吉の牢をじろじろ眺めたりもせず、北斎はすぐに用件に入った。

「ああ、屋敷で一晩泊まってきたよ」

「勝さんの名前を出して申し訳なかったね」

「なあに、かまわねえ。それより、北斎先生は座敷わらしをほんとに見たのかい？」

「見たよ。おれは、あの座敷牢の隣の建物で、襖絵を描いていた。ふいに近くにいたお女中が小さく叫んで逃げ出したんだ。おれは牢の真ん前まで行ってみたよ。すると、あの牢の真ん中あたりにいたんでさあ。隣の建物との加減で、西陽《にしび》がかすかに手前のほうに斜めに当たっているだけで、はっきりとは見えなかったんだが」

「座敷わらしはずっといたのかい？」

「いや、こっちを見ると、すっと後ろに下がって行って、それからふいに見えなくなったんだ。ただ、牢の向こうのほうは暗くてよく見えなかったな」

「人形とかじゃなかったので？」

「人形が息をするかい？」

「息を？」

「息をしているものの気配ってえのがあるんだ。あれにはあったぜ」

「座敷わらしはお化けだろ？」

「お化けかどうかは、おれは知らねえ。あの屋敷の連中は、そんなことを言っていたけどな」

「じゃあ、北斎先生は座敷わらしだと決めつけたわけではなかったんだね？」

「違うよ。おれはただ、奥州にいるという座敷わらしみてえだと言っただけだ」

「なるほど」

「勝さんが一晩泊まったなら、いろんなことに気づいたんじゃねえのかい？」

「一つ気になったのは、板の間の隅にあったこの穴なんだよ」

と、小吉は自分で描いてきた見取り図を北斎に見せ、端のあたりを指差した。

「ああ、あったね。穴。四隅にあったかい。おれは手前の両端しか気づかなかった」

それは中に入った者でないと気づかないだろう。

「北斎先生も気になってたかい」

「ああ。なんだろうな」

「座敷わらしより、おいらはあの穴のほうが気になったんだ」

「同感だ。あの座敷牢自体が元凶なんだろうな」

しばらく思案したが、二人ともなにも思いつかない。

「悪いがあとは勝さんにおまかせだ」

北斎はそう言って帰って行った。

変わり者という評判をよく聞くが、小吉からしたらそこらの連中よりよほどまともに見えた。

四

翌日――。

二階堂三郎がやって来た。家にもどって、じっくり考えたいと言っておいたのだ。

「どうです、なにかわかりましたか？」

「まだ、わからないことだらけですよ。おそらく、あの建物がつくられたときのことを知らないと、本当のところはわからないでしょうね」

「すると、五十年前のことですぞ。となると、藩史を紐解《ひもと》かないといけませんな」

「いや、おいらは藩の歴史なんてのはどうでもいいんです。ただ、そのころの藩主はどういう人だったんで？」

「いやあ、お人柄となると、よく存じあげません。ただ、そのころ、可愛《かわい》がられたご側室はまだ生きているはずです」

「それはぜひ話を訊きたいですな」

「うーん。しかし、あのお方はあまりよそのお人に会わせたくありませんな」

二階堂は顔をしかめた。

「どこにいるんです？」

「いまはあの屋敷に近い町人地に住んでいて、半年に一度、お手当てをもらいに来るのですがね」

「お手当てを？」

「当時の藩主がそういうお墨付きを出したのです。生きている限り給金を出すと」

二階堂はうんざりしたように言った。

「会わせたくないとか見栄《みえ》なんか張っていたら、謎はいつまで経《た》っても解けませんよ」

「わかりました。ここへ呼んで参りますが、驚かぬように」

「お化けに会うかもしれないのに、人の女と会って驚いていちゃしょうがねえでしょう」

「いや、お化けより凄《すご》いかも」

「…………」

二階堂が真面目《まじめ》な顔で言ったので、小吉は背中に軽い寒気が走った。

いったんもどって行った二階堂が、もう一度、やって来たのは、その日も夕方になってからだった。

「これは……」

ちょうど座敷牢の中で遊んでいた麟太郎が、怯《おび》えて小吉の後ろに回った。泣きたいのを無理やり我慢しているのもわかった。

化粧が凄《すさ》まじいのである。

いったいどんなふうにすれば、顔に白粉《おしろい》をあれだけ塗《ぬ》りつけることができるのか。おそらく、元の輪郭はほとんど消えているだろう。

真っ白い卵に、目の穴が二つと、紅《べに》を塗った口の穴が一つ開いている——そういう顔である。表情などはいっさいない。

着物も凄い。

派手な振り袖である。模様は、鶴と亀が手を取り合っている。

しかも、どれだけ香《こう》を焚《た》き込んだのか、むせるくらいの匂いをまき散らしている。

「まつ姫にございます」

と、名乗った。

「おまつさま。嘘《うそ》はまずい。姫ではないでしょう」

後ろで二階堂が慌てたように言った。

「でも、殿はわらわのことを、本当の姫はそなただと」

「わかりました。まつ姫さまにいろいろうかがいたいのですが」

「なんなりと」

鷹揚《おうよう》にうなずいた。

「あの座敷牢がつくられたころのことを、姫さまは覚えておられますか?」

「もちろん。たった五十年前のことですもの。わらわはまだ八歳でした」

まつ姫がそう言うと、後ろで二階堂が首を横に振り、

「十八」

と、声には出さず、指で示しながら言った。

「あれは本当に座敷牢としてつくられたのですね?」

「そうです。殿さまの腹心の家来だった方が、つくるべきだとお勧めしたのです。そうすれば、謀反を起こそうという者に対して抑止の力が働くことになる

と」

「腹心の家来？」

「名は忘れたのですが、いかにも悪そうなやつ」

と、まつ姫は顔をしかめた。すると、白粉がぼそっと顔から落ちた。

小吉はそれを見て見ぬふりをしたが、麟太郎が小さな声で、

「あ」

と、言った。

「もしかして、跡継ぎ争いなどはなかったですよね？」

小吉は訊いた。

「ありましたよ。それはもう、代が替わるたび、いえ、殿の子が生まれるたび、しょっちゅう起こっていました」

「あの座敷牢がつくられたときも？」

「ああ、ありましたね」

「やっぱり」

「その跡継ぎの候補にお亡くなりになった方がいませんでしたか？」

「よくご存じだこと」

まつ姫は感心したように言った。

「いたのですね？」

「側室の一人が産んだ方で、虎千代《とらちよ》さまとおっしゃったかしら。ただ、亡くなったかどうかはわからないの」

「わからない？」

「そう。急に行方がわからなくなったの。あの屋敷の中で」

「なんと」

「どこにも出ていないのは間違いないのです。だから、神隠しに遭《あ》ったのだろうと言われたものです」

「虎千代さまは、生きものがお好きではなかったですか？」

「生きもの？　そうね、好きだったかも。それと、海外の文物もね」

「海外の？」

「そう。お殿さまもそうしたところがあり、その血を継いだのでしょう。南蛮《なんばん》のものを手に入れては、大事になさっていましたっけ」

「そうか」

小吉はぱんと手を叩《たた》いた。

その瞬間、まつ姫の顔が外《はず》れた——ように見えた。まるでお面のようになった白粉の固まりが、ぱかりと顔から落ちそうになったのである。

だが、まつ姫はさっとそれを手で受け止め、顔にもどし、

「わらわはこれで」

顔に手を当てたまま、踵《きびす》を返したのだった。

五

さらに翌日である。

「これでいいですか？」

又四郎が小吉に訊いた。

棒が二本、小吉の牢の前にある地面に埋められていた。

「間隔は間違いねえな？」

「ええ、七寸（約二十一センチ）ちょうどです」

「よし。麟太郎、おめえ、ちょっとこの隙間《すきま》をくぐってみてくれねえか？」

「ここ、くぐる？」

麟太郎はちょこちょこ歩いて来て、二本の棒の前に立ち止まった。

小吉は又四郎に頼み、あの牢の格子と同じ幅の隙間をつくってもらった。

「そう。おめえならくぐれるんじゃねえか」

「うん」

麟太郎は横向きになり、顔だけ正面を向けると、ちょっと押し込むようにしただけですっと中に入った。

「くぐったよ」

「おう、よくやった。あの牢は、子どもだったら出入りができるんだ。ということは、あれも生きている子どもだったんだろうな」

小吉が納得したとき、

「勝どの。昨日は見苦しいものをお目にかけました」

と、二階堂三郎が現われた。

「おう、二階堂さん。ちょうどいいところに来た」

「なにをなさっていたので」

「これはあの牢の格子と同じ幅ですが、うちの麟太郎がくぐることができるんですよ」

「え？」

「麟太郎。もう一度、やってみな」

麟太郎はまたもちょこちょこした足取りで、二本の棒のあいだをくぐった。

「ほう。ということは？」

「現われた座敷わらしは、人の子どもであってもおかしくないということですよ」

「そうですか。では、あの日、屋敷にいた子どもを当たればいいわけですな」

二階堂は嬉しそうに言った。

「いや、それよりも、もっと大変なことが、あの座敷牢には隠されていたのです」

「大変なこと？」

「とんでもないことを言い出しますよ」

「はあ」

二階堂は怯えたような表情を見せた。

「この格子のせいで、あそこは牢と言ってもおかしくありません」

と、小吉は言った。

「牢じゃないんですか？」

「むしろ、牢ではなく、あれは檻なんですよ」

「檻？　檻と牢は違うのですか？」

「違うのです。あれは、おそらく象を入れるための檻としてつくられたのです」

「象を入れる檻……」

二階堂は、啞然《あぜん》とした。

「驚くのも無理はねえ。おいらも、この考えが浮かんだときは、自分でも呆《あき》れました」

「象なんかいたんですか？」

「いないでしょう」

「そんな」

「でも、いなくたって、象を入れる檻をつくってもいいじゃねえですか」

「え？」

「肝腎《かんじん》なのは、ここに象が来るんだと思えさえすればいいわけだから」

「あ」

「なにかありました？」

「いえ、わが藩の殿は代々南蛮の生きものに興味を持ち、なかでも象と虎は取り寄せてみたいと願っていたようです」

「やはり」

「だが、あれは象の檻だからといって、どういうことになるのです?」

「まだわかりませんか?」

「さっぱり」

「為一先生はさすがだね」

「どういうこと?」

「ちゃんと見ていたんですよ。あの建物のつくりが変だってことを」

「変?」

「隅に穴が開いていたのです」

「ええ、そうですね」

「天井はなく、梁や屋根板が剝き出しでした」

「そうです」

「じつは、あの四方に縄をくくり、床が上に持ち上げられるようになっていたら?」

小吉はナゾナゾでも出すような口調で訊いた。

「そ、それって吊り天井じゃないですか」

「そう。吊り天井なんですよ、あれは」

「なにが起きたのです？」

「いなくなったんでしょう？　跡継ぎの候補の一人が」

「そうみたいですね」

「おびき寄せられたんですよ。象の檻ができました、まもなくここに入ることになりますよと。象はここから鼻を出し、餌を食べることだってできますよ。若さまもお入りになってみてはどうです？」

小吉はさも当時のことを再現するように言った。

「まさか」

「床は上にあがっているから、下は地面が剝き出し。まさに檻そのものでしょう。若さまは檻のあいだをくぐって、真ん中まで足を進めた。そこへ、支えていた綱をばっさり」

小吉は手刀を切るしぐさをした。

「なんてことだ」

「そのまま倒れたままにしておいたら、異臭がしたりするでしょう。だから、もう一度持ち上げ、穴を掘って埋めるくらいのことはしたでしょうな」

「では、いまでも？」

「若さまはそこにおられる」

「確かめてきます」

二階堂三郎は、もどって行った。

訳もわからずわきで話を聞いていた又四郎が、

「あの人、大丈夫ですか」

心配そうに言った。

翌日——。

「勝どの」

二階堂三郎がやって来た。顔色は真っ青だった。

「二階堂さん。どうでした？」

「まさに、ご推察のとおり」

「遺体が出たんですね？」

「ええ。まさにあの真ん中に、白骨になった小さな遺体が」

小吉と麟太郎が寝ていたのも、その上だった。

「いやあ、大変なことが明らかになってしまいました」

二階堂はため息をついた。

「だが、五十年も前の話でしょう。いまさら下手人捜しでもないでしょう」

「では、座敷わらしは虎千代君の幽霊だったのでしょうか？」

「それはどうでしょうか」

「だいたい、五十年も経って、なぜ現われたのでしょう？」

「それは、同じようなことが起きようとしているからでしょうね」

小吉は軽い調子で言った。

うまくすると、これは莫大《ばくだい》な礼金につながるかもしれない。

「あ」

「あるんでしょう？」

二階堂三郎は、急に慌てふためき、

「また来ます」

と言って、いなくなった。

ところが――。

二階堂三郎は、ふたたび小吉のところに現われることはなかったのである。

六

ひと月ほどして――。

数人の家来を伴《ともな》った少年が、小吉のもとを訪れた。

「二階堂三郎がお世話になったそうで」

少年は言葉遣いもしっかりしているし、話すことも理路整然としていて、どうやら小柄な身体《からだ》のため七、八歳に見えるが、じつは三つ四つほどは歳が上なのかもしれない。

「勝どのは当家のお化け騒ぎの謎を解くため、あの座敷牢に一晩泊まられたそうですね？」

「ええ、まあ」

「二階堂のようすを聞くと、どうやら謎を解かれたみたいだ」

「当たっているかどうかはわかりませんよ」

「だが、床下に白骨死体があることも見抜いたのでしょう?」

「そうみたいですな」

屋敷内はさぞや大騒ぎになったのだろう。

「じつは、五十年前と同じようなことが進行しつつありまして」

「やはり」

「わたしは過去の話を家来たちから聞き、いろいろ推測していたのです。すると、わたしを過去の幽霊だと騒ぐ者が出てきた次第です」

「では、座敷わらしの正体は、やはりあなたさま?」

「ええ。申し訳ないが、名乗るわけには参りませぬ」

牢の前にいる家来だけでも三人。表の通りにまだいる気配がある。かなりの身分であることは容易に想像がつく。

「そんなことはどうでもよいので」

「二階堂はお礼のお約束もいたしたのでしょうか?」

「いや、とくには。それより二階堂さんはどうかしたのですか?」

「あれは自分でもわからないうちに、とある派閥の使いっ走りの役をやらされておりましてね」

「ははあ」

それは不思議ではない。人のよさそうな男だったが、いかにも考えが足りなそうだった。

「このたび、その派閥がいろいろ画策《かくさく》していたことが明らかになりました」

「どんなことが？」

「勝どのが見抜いたあの吊り天井の仕掛けをもう一度利用し、わたしを亡き者にしようとしていたのです。わたしも象に興味がありますし」

「そうでしたか」

「壊して調べようとすると、大工が怪我をしたりしたのは、その一派のしわざでした。だが、もうその連中は、すでに処罰されました」

「まさか、二階堂さんも斬首《ざんしゅ》とか？」

だったら小吉にもなんらかの責任があるかもしれない。

「いえ、訳のわからぬ使いっ走りでしたので、そこまでは。ただ、即、国許《くにもと》に帰り、蟄居《ちっきょ》ということになってしまいました」

「なるほど」

それで顔を見せられなくなったのだろう。

「おそらく二階堂は礼を言いたかっただろうと、わたしが代わりにうかがいました」

「そいつはどうも」

お礼というよりは、あまり余計なことを言うなよという脅しのつもりではないか。この少年の気持ちはともかく、わきに控えている武士たちの顔には、そんな気持ちがうかがえた。

「なりあきらさま」

わきにいた家来がそう言ったのが聞こえた。どういう字を当てるのかはわからない。そろそろもどらなければと催促したらしい。

「お子さんですか？」

少年は牢のわきで遊んでいる麟太郎を見た。

「麟太郎と言います」

「賢《かしこ》そうですね」

「ありがとうございます」

小吉も麟太郎が褒められれば嬉しい。

「では、縁があったらまた会おうね」

少年は麟太郎にそう言うと、檻の前から足早に立ち去って行った。

×　　　×　　　×

このときから四十数年後――。

勝安房守《あわのかみ》は、芝田町《たまち》の薩摩藩邸において、西郷吉之助《さいごうきちのすけ》と江戸城総攻撃を前に話し合いをおこなった。この会談によって、江戸が火の海となることが避《さ》けられたのである。

そう。その屋敷こそ、父小吉とともに一泊した、座敷牢があった抱え屋敷だったのである。

だが、勝の脳裏に、よちよち歩きのころの記憶が甦《よみがえ》ったとは、とても考えられないし、そうしたできごとがあったことすら、すでに誰も知るよしはなかった。

化け物のフン

一

早川又四郎が五日ぶりに勝小吉を訪《たず》ねて来たとき、当の小吉は檻《おり》の中で妙な作業に熱中しているところだった。

「勝さん、なに、やってんですか？」

「うん、まあな」

小吉はちゃんと答えない。

四角い紙になにかをのせ、折り畳《たた》んで包むようにしている。

「なにか入れましたか？」

「見えたか？」

「いや、なにも見えませんでした」

「小さなものだからな」

「なんなんです？」

「この庭に、いろんなものが風に乗って飛んで来るのに気づいたんだ。それを集め、正体を探《さぐ》ろうと思ったんだよ」

「飛んで来るもの？　鳥とか、虫とかですか？」

「そんな大きなものじゃねえ。もっとなかなか目に留まらない、小さなものだ。檻の中から外を眺《なが》めていると、いろんなものが浮遊したり、風で転《ころ》がったりしているのがわかるんだよ。逆光を透《す》かすようにすると、ますますよく見える。ほら、そこにも」

なるほど、檻の前に小さなふわふわするものが飛んで来た。

「なんなのです？」

「鳥の羽根だったり、草花の種だったり、謎の物体だったりする。ゴミの破片だと思っていたのが、動き出したりしてびっくりすることもある。あるいは、いまだになにかわからないものもいっぱいある。それらを集め、天眼鏡で眺めるのが楽しいのさ」

「そりゃあ、また、変わったことを始めましたね」

「暇《ひま》だからだろうな」

「檻の中で、万巻《まんがん》の書を読む人もいるそうですよ」

「おれが馬鹿だと言いてえのか」

と、又四郎を脅《おど》したが、そうかもしれないと自分でも思う。

だが、読みたい書物が少ないのも本当なのだ。説教臭そうな小難《こむずか》しそうなものか、おそろしくくだらない戯作《げさく》か、そんなのばっかりのような気がする。もっと自分たちの知らない世界のことを教えてくれる本とか、そういうのがあれば、小吉だって読んでみたいのである。

「勝さんには、物を集めるという道楽がありましたっけ？」

「言われてみると、なかったよな」

小吉は刀の目利《めき》きである。鑑定などもよく頼まれていた。

だが、自分では名刀を何本も所有しているということはない。

檻の暮らしも三年を過ぎ、いよいよ人格に破綻《はたん》をきたしてきたのかもしれない。

「そういえば、わたしの知り合いで無茶苦茶《むちゃくちゃ》変なものを集めている男がいます」

「なんだよ、無茶苦茶なものって？」

「生きもののフンを集めているんです」

「フンを集める？」

「ええ。獣《けもの》、鳥、虫、魚など、あらゆる生きもののフンです」

小吉はしばし呆気《あっけ》に取られたが、

「薬にでもするつもりなのか？」

と、訊《き》いた。

「生きもののフンが薬になるんですか？」

「それはわからねえよ。イカの塩辛だって、あれはイカのクソをまぶして食ってんだろ」

「そういう言い方をされると、ちょっと」

又四郎はひどく顔をしかめた。

イカの塩辛は又四郎の大好物で、小吉はそれを知っていて言ったのだ。

「しょせん、薬なんざ怪《あや》しげなものがいっぱいあるんだ。生きもののフンだって薬にされかねねえぜ」

「それについてはわたしも訊いたのですが、目的はとくになく、純粋に道楽なんだそうです」

「じゃあ、そのまま飾るのか？」

「いや、干《ほ》して、できるだけかたちを保つようにして、それ用につくった小さな壺《つぼ》に入れるんです」

「なるほど」

「それを、ときどき蓋《ふた》を取って眺め、生きものたちがフンをするようすを想像して楽しむんだそうです。笑ってしまいますよ」

又四郎は馬鹿にしたように言った。

だが、小吉は、なかなかいい道楽だと思った。それどころか、

——先にやられた。

という悔《くや》しさまで感じた。

ここにも鳥や虫が来て、フンを落としていく。それは毎日、目にしている。なのに、そこに着目することはなかった。

空中を浮遊するものというのも悪くはないと思う。だが、なんだかわからないものが多すぎる。フンならば、しているところを見れば、わからないということはない。

「人のクソもか？」

と、小吉は訊いた。

「いや、人のだけはやらないそうです」

「なんで？」

「人のものは、きったないからだそうです」

「ふうん」

話の途中で、小吉は厠《かわや》に立った。

小便はしびんにしたりするが、大のほうはおのぶを呼んで檻から出してもらい、厠でする。檻の中では落ち着かなくてできるものではない。

厠にしゃがみながら、小吉は、

――人のクソは汚いから集めないというのはわかるな。

と、思った。

クソが汚いというより、人間という生きものが自分も含めて、どうにも腐臭がぷんぷんするのだ。

檻にもどると、

「そいつは、なんてやつだ?」

と、又四郎に訊いた。

「片山與三郎《かたやまよさぶろう》と言いまして、御家人で当主ですが、まだ若いです。わたしたちと、そう変わらないくらいです」

「役付きか?」

「いえ、小普請組《こぶしんぐみ》です」

であれば暇なはずである。

「住まいはどこなんだ？」

「本所ですよ」

「家族は？」

「独《ひと》り者で一人暮らしですよ」

そういう道楽があるから独り者なのか、独り者だからそんな道楽ができるのか、おそらく両方だろう。

「会ってみてえな、そいつに」

「会いたいんですか？　なんで、また？」

「いろいろ話を訊いてみてえだろうが。そういうやつの話はなかなか面白いはずだぜ」

上手に生きているようなやつは、この世の上《うわ》っ面《つら》しか見ていない。うまく生きていけない、ちっと変わったやつこそ、一皮剝《む》いた世の中を見ていたりするのだ。

「わかりました。連れて来ます」

「頼む」

小吉は楽しみだった。

二

翌朝――。

「勝さん。昨日言ってた、例のフン集めの片山」

「ああ。来るのかい？」

「いえ、来られません。永久に」

「永久に？」

「今日、片山の家に行ったんです。勝さんに会わせようと思って。そしたら、三日前に死んでました」

「なんてこった。まさか、殺されたのか？」

「それはわからないんです。自宅で倒れていて、目立った外傷とかはなかったそうです。それで、近所の人たちは、身体《からだ》が丈夫じゃなかったから、心ノ臓が止まったのではないかって噂《うわさ》してました」

「心ノ臓ってのは、そんなかんたんに止まるのかね」

「それが、たぶんびっくりして死んだのだろうと」

「なにをそんなにびっくりしたんだ？」

「化け物がフンをするのを見たんだと言ってるんです」

「化け物のフン？」

「死体の前には、大きなフンが落ちていたそうです」

「なんだ、そりゃ？」

どうもよくわからない。

又四郎の話が、肝心《かんじん》なところを伝えていないのだろう。

「おめえ、もうちっとうまく説明してくれねえと、話がわからねえよ」

「片山が生きもののフンを集めている話はしましたよね」

「ああ」

「それで、片山の友だちに大谷平右衛門《おおたにへいえもん》という男がいて、こいつも変なやつなんです」

「どんなふうに変なんだ？」

「大谷は、化け物の蒐集《しゅうしゅう》が道楽なんです」

「化け物なんか集められるのか？」

「もちろん、実物を集めるわけじゃありません。見たという人の話を聞き、それで特徴をまとめたり、絵にしたりするのです」

話を聞けば、こっちはそれほどおかしな道楽でもない。奇談怪談を集めて書物にしたものはけっこうある。要はその著者みたいなやつだろう。

「おめえはその大谷ってやつを知ってるのかい？」

「二、三度会ったことがあります」

「なんか悪いことをしそうなやつか？」

小吉が訊くと、又四郎はしばらく考え込み、

「勝さんみたいなやつではないです」

と、言った。

「どういう意味だよ？」

「つまり、喧嘩《けんか》になって、カッとなって、つい殺してしまったりは、しそうもないです」

「まるで、おいらがそういうことをしたみてえじゃねえか」

小吉は喧嘩三昧《ざんまい》だったが、命を奪うまではしたことがない。「参った」と言わせれば、それで終わりである。

逆に、無茶苦茶強いので、殺すまではしないで済むのだ。中途半端に強いやつが、喧嘩相手を殺したりする。

「いや、そういう意味ではなく、腕力を使うような感じはしないということです。ただ、ちっと気味が悪いんです。見えないものが見えたりするらしくて、急に、『あ、そこに』とか、人の背中のあたりを指差したりするんです。そういうやつの腹の中は、正直、わかりませんよ」

「武士か、そいつは？」

「ええ」

「役職は？」

「小普請組です」

「暇なんだろうな」

まったく、この国には、武士が多すぎるのではないか。

小普請組なんてのは、名前だけで無役といっしょである。たとえ役職があっても、勤《つと》めは相当暇なものである。二日休んで一日出勤などというのがざらなのだ。

だから、武士の数など、三分の一くらい、いや十分の一くらいにまで減らしても充分足りるし、その分、百姓は年貢《ねんぐ》が少なくていいから大助かりだろう。

しかも、小吉のような有能な男ですら小普請組というのが納得いかない。

——そういうことを考える為政者《いせいしや》は、いままでいなかったのだろうか？

つい、考えが余計なほうに行ってしまい、

「それで？」

と、話をもどした。

「それで、片山の家に大谷が来て、口論になったんだそうです。口論の中身は、化け物はフンをするかどうかというものでした」

「そりゃまた、てえした実《み》のある口論だな」

小吉は皮肉を言った。

「片山は、化け物はフンなどしないという意見でした。ところが、大谷のほうは、化け物もフンはするという説です。これが真っ向から対立し、お互いののしり合う大喧嘩になってしまいました。この言い争いは、近所中に聞こえたほどです」

「なるほど」

「その喧嘩が、片山が死ぬ前の日のことでした」

「それで、大谷が疑われやすくなってますよね。ところが、片山が死んだその日には、大谷は化け物好きの仲間十数人といっしょに、谷中《やなか》のお寺にいて、片山の家に行くことができなかったんです」

「ははあ」

「それで、浮かび上がったのが、片山は化け物がフンをするのを見てしまったため、びっくりして死んだのだろうという説でした」

「なるほど」

「いきなり、そこに行くか？」

「というのも、片山が死んでいたのは庭だったのですが、その庭に、まさに化け物のフンとしか思えないような塊《かたまり》が落ちていたのです」

「ほう」

「近所の連中は、化け物はフンをするかしないかの大喧嘩を聞いていました。そこへ、その妙なものがあり、片山が倒れていたのです」

「それは、化け物がフンをするところを見たからだと」

　小吉はうなずいたが、完全に納得したわけではない。

「だいたいが、本所ってところは、化け物が多いじゃないですか」

「そうか？」

「ええ。川向こうの知り合いからはいまもよく言われますよ。本所は化け物が多いから行きたくないとか」

「ちっ」

なまじ本所七不思議が有名だからだろう。

だが、そこらじゅうに化け物の噂があるのはたしかである。

「片山の家は、本所のどのへんだよ？」

と、小吉は訊いた。

「御厩河岸《おうまやがし》の渡しがあるでしょう。あの近くです」

「なんだ、あんなところか。あそこは中之郷《なかのごう》だろうが。本所といっしょにするなよ」

「でも、中之郷の連中は、本所中之郷だって言いますよ」

「それは駄目だ。本所と中之郷は別々の地名だし、あんな田畑《でんぱた》だらけのところが本所のわけがねえだろうが」

小吉は、なまじ本所を愛しているだけに、隣り合う地名との区別にはうるさいのだ。

もっとも、これは江戸っ子全般に言えることで、神田《かんだ》生まれをやけに自慢したり、大川の向こう側を差別したり、町同士でかなり対抗意識を持っている。

江戸っ子などと言っても、心根《こころね》は田舎者《いなかもの》とまるで変わらない。

「ま、勝さん、それはともかく、あのあたりの人は、化け物が出たことについては、それほど疑いを持たないのです」

「そうかもしれねえな」

「しかも、死んだ当日、隣の家の住人が、出たぁ！　と、片山が叫ぶ声を聞いたそうです。恐怖に怯《おび》えるような声だったそうです。そのときはまだ夕方だったので、ヘビでも出たのかと思ったそうですが」

「出たぁと言ったのか……」

それは決定的な証拠のような気もするが、

「片山は身体が丈夫じゃなかったというが、どれくらい弱かったんだ？」

と、いちおう突っ込んだ。

「とにかく食が細くて、うどんしか食べなかったんです。うどんだと、嚙《か》まなくてもいいからと」

「うどんだけか？」

「あと、白身の魚はちょっと食べました。野菜とかはいっさい食べません」

「ああ、そういうやつはあんまりクソもたれないんだよな」

「そうなんですか？」

「そうさ。やっぱり、ごぼうだの芋《いも》だのをいっぱい食べねえと。だから、そいつは生きもののフンを集めるようになったのかもしれねえな」

人というのはないものに憧《あこが》れる。

いつも便秘で苦しんでいる男が、生きもののフンの研究に没頭するようになったのは、きっと自然なことだったのだ。

「というわけで、片山を連れて来ることはできなくなりました」

と、又四郎は言った。

「ああ、それはしゃあねえな」

小吉も諦《あきら》めざるを得ない。

だが、片山の死因については、まだまだこじれそうな気配が感じられた。

三

それから二日ほどして――。

又四郎が、やけにおどおどしたようすの男を連れて、やって来た。

「勝さん、この男が大谷平右衛門です」

「ああ、化け物を集めてるって男かい？」

大谷は小吉がいる檻の前に立つと、いきなり目を瞠《みは》り、

「こ、これは……」

と、後ずさりした。

「なんだよ？」

小吉は訊いた。

「いや、いっぱいいますねえ」

大谷は震える声で言った。

「なにが？」

「化け物です」

「見えるのか？」

そう訊いて、苦笑した。

なんだか疲れそうな男である。

「ええ。一カ所にこんなに固まっているのは、初めて見ました」

「どんなのがいるんだ？」

「人とはちょっと姿かたちが違いますので、説明するのは大変です。つまりは化け物たちです」

「化け物はなにやってんだ？」

「おとなしく座っているだけです。勝さんのことを慕《した》ったり、尊敬したりしているみたいです」

「そりゃあ、いい心がけだ。だったら、怯えたようなつらなんかするんじゃねえよ」

小吉は大谷をなじった。

「申し訳ありません。じつは、勝さんにお願いがありまして」

「ははあ」

なんとなく察しがついた。

「じつは、片山を殺しただろうと、疑いをかけられているのです」

「誰に疑われてるんだ？」

「目付です」

大谷がそう言うと、

「長谷川左門《はせがわさもん》という腕利《うでき》きで鳴る目付なんです」

わきから又四郎が言った。

「でも、あんたは片山が死んだ日は、谷中あたりの寺にいたって聞いたぜ」

「そうなんです。ところが、その目付が、片山は心ノ臓の発作などではなく、毒で殺されたというんです」

「毒で？」

「片山の吐瀉物《としゃぶつ》の臭《にお》いは、以前、毒殺された男を調べたときと、同じような臭いだったんだそうです。ネズミ退治に使うものだそうです」

「なるほど」

よく噂に聞く〈石見《いわみ》銀山〉と呼ばれる毒物のことだろう。

前にも経験しているなら、その目付の見立ては当たっているかもしれない。

「毒ならば、当日、片山の家にいなくても、食いものに仕込んでおけばすむことだと」

「そうだよな」

「でも、わたしはそんなことはやっていません。目付はいまもいろいろ聞き回っていて、遠くないうちに捕縛されそうな気がするんです」

「まあ、だいたいが、変なやつってのは、下手人とかにされやすいんだよな」

と、小吉は言った。

すると又四郎は、小吉がそれを言うかといった目つきをした。

「わかってるよ、又四郎。おいらも変だと言いてえんだろうよ。たしかにそうだよ。おいらはいま、たまたまこんなふうに檻の中にいるから大丈夫だが、もし娑《しゃ》婆《ば》にいてみなよ。本所中の殺しについて疑いをかけられてるから」

「そうでしょうね」

と、又四郎は素直にうなずいた。

「だから、大谷さんにも同情するよ」

「ありがとうございます。ぜひ、わたしが下手人じゃないことを証明してくださいまし」

大谷は、土下座をせんばかりに、深々と頭を下げた。

「いちおう考えてみるが、たしかに変なことはいくつかあるよな」

「変なことですか？」

「まず、片山の庭に落ちていたというフンだがな」

と、小吉は言った。

「はい」

「おめえは、その化け物のフンを見たのか？」

「見てないんです。わたしが弔問《ちょうもん》に行ったときは、もう片づけられていました」

「だったら、本物かどうかはわからねえか」

「いや、話は聞きましたが、わたしは違うと思いますよ」

「化け物のフンではないと？」

「ええ」

「化け物のフンを見たことがあるのかよ？」

「もちろんです」

大谷は自信たっぷりにうなずいた。

「どこで見たんだ。おいらはそんな話、聞いたことないぜ。ふつうの人には見えねえとか言うのは無しだぜ」

「いや、見えます。ただ、あまりにも細かくなって宙を浮遊したりしているので、誰も化け物のフンとは思わないのです」

「………」

小吉が蒐集しているのは、もしかして化け物のフンなのかもしれない。

「じゃあ、片山の庭にあったというそれはなんだったんだ？」

「目付が言うには、わたしが自分の意見が正しいと思わせるため、泥などを混ぜてつくったんだろうと」

「あんたがつくった？　そりゃ、変な推論だな」

小吉がそう言うと、

「なにが変ですか？」

と、又四郎が訊いた。

「だって、化け物のフンをつくって見せても、どうだというだけで、殺す理由にはならねえだろう」

「でしょう。ところが、目付は、化け物のフンがあったのに、それを認めないから、怒って殺したのだと」

と、大谷が言った。

「ふうん」

小吉はしばらく腕組みして考えた。

考えの真ん中に奇妙なものがある。化け物のフンである。

小吉は、化け物のフンなんてものは信じない。

それどころか、化け物も信じない。

だが、あるわけないものがあった。片山の死体のそばに。

それこそが、この事件を解くカギになるはずなのだ。

「そのフンが見たいな」

と、小吉が言うと、

「またですか？　勘弁してくださいよ」

又四郎は慌《あわ》てて言った。

前に、馬フンを調べさせられたことがあるからである。

だが、その馬フンも結局は贋物《にせもの》だったのだ。

「片づけてしまったみたいですよ」

と、大谷が言った。

「片づけたってどうしたんだ？」

「目付が連れて来た中間《ちゅうげん》に捨てさせたみたいです。目ざわりで、汚いからと」

「又四郎。その捨てたってやつの話を訊いて来てくれ」

小吉は言い出したら聞かない。

しかも、こういう言い方をするときは、かなり核心に迫っていたりする。

「わかりました。目付はまだあのあたりをうろうろしてるから訊いてきます」

と、又四郎が大谷といっしょに向かおうとすると、

「待て、又四郎。とくによく訊いてもらいてえことがある」

「なんです？」

「まず、臭《にお》いだ。フンだったら当然臭《くさ》いだろう。ただ、一口に臭いと言ってもいろいろだ。どういう臭さか、訊いてくれ」

「臭いねえ」

又四郎は、まるでそれが鼻先にあるような顔をした。

「さらに、色。細かい色が混じっていたら、それも詳しく訊いといてくれ」

「わかりました」

「それと、捨てたところにまだ残っていたら、ぜったい、それを持って来てくれ。いいな」

小吉が強く念を押すと、

「うぇーっ」

又四郎はえずくような声を上げた。


又四郎と大谷は、一刻《いっとき》（約二時間）ほどでもどって来た。

「どうだった？」

「ええ、片山の家のわきを下水が流れてましてね。目付のところの中間が、そこに流したそうです」

「流しちまったか。それで、臭いは？」

「臭いはまったくしなかったそうです」

「なるほど。水に流したときは、どんなふうになった？」

「下水にぶち込むと、それはさあっと溶《と》けてしまいました。色はただの泥みたいだったそうです。ただし、水に投げ込んだとき、白い鳥の羽根みたいなものが、いっせいに浮かんできたと言ってました。化け物は鳥とか食ってるのかもしれませんね」

「鳥の羽根が？」

小吉の瞳《ひとみ》が輝いた。

小吉は一晩考えさせてくれと、又四郎たちを帰したが、まだはっきり当たりがついたわけではない。

腕組みしながら唸《うな》っていると、いつの間か麟太郎が檻のそばに来ていた。

「よう、麟太郎」

「チチ」

「なにしてんだ？」

「かみおり」

「かみおり？　ああ、折り紙か」

小さな手が、四角い紙を折っていく。

だが、なかなかうまく折れないらしく、そんな仕草がまた、親から見たらたまらなく可愛い。

「兜《かぶと》か？」

兜だったら小吉も折れる。手伝ってあげたい。

「兜違う。トリ」

「トリ？　ああ、鶴《つる》か」

折り紙で鳥を折るとしたら、鶴だろう。いっぱい折って、千羽鶴として飾る人もいる。

だが、鶴は兜より難しく、小吉は折ることはできない。

「上手だなあ、麟太郎」

息子にお世辞《せじ》を言いながら、胸のうちにモヤモヤした疑念が湧き上がるのを感じていた。

四

次の日――。

又四郎と大谷がかなり早い刻限に訪ねて来た。

「勝さん、まだ謎は解けませんか？」

と、大谷が訊いた。

「なに焦《あせ》ってんだよ」

「今日は朝からあの目付の中間が、うちを見張っていたんです。もう、下手人はわたしだと、目星をつけたみたいです」

「なるほどな。ところで、御厩河岸の渡しのあたりは、大名の下屋敷が多いよな？」

「多いです」

と、大谷はうなずいた。

「しかも、あそこらは昔から池が多いんだ」

「そうなんですか？」

「ああ、大川がしょっちゅう氾濫《はんらん》してた名残で、池があるんだ」

「言われてみるとそうですね」

「池は小魚も豊富だから、渡り鳥も多いのさ」

「はあ」

「ちっと、片山の家のあたりの図面を描いてみてくれ」

「図面にですか」

大谷は、早川又四郎と相談しながら、図面を描いた。

「こんなところでしょうか」

「なるほど」

大川のそばである。

片山の家は、御家人たちの家が長屋みたいに並ぶなかの一軒である。

庭の裏手は広い大名屋敷になっている。

「これでなにかわかりますか？」

「想像どおりだ。ついては頼みがある」

「ええ。なんでもします」

「片山が集めた生きもののフンのなかで、鳥のフンをぜんぶ書き出してきてくれ」

「わかりました」

大谷はもう小吉だけが頼りだから、なんでも言うことを聞く。又四郎も、付き合いはいい男なので、いっしょに付いて行った。


一刻ほどして――。

二人はもどって来た。

「書き写してきました」

小吉は渡された紙をざっと眺め、はたと膝《ひざ》を打ち、

「出たって声を聞いたというのは誰だ？」

と、訊いた。

「隣家の下田《しもだ》全兵衛《ぜんべえ》という者です」

「御家人か？」

「はい、お城の台所方に勤めています」

「ちっ、台所方かよ」

「むっとしてますね」

又四郎がわきから言った。

前に、小普請組から外れて役職がもらえるなら、どこがいいかと訊かれたことがあり、小吉は台所方と答えてあった。

又四郎もそのことは知っているのだ。

「そいつだよ、下手人は」

小吉はきっぱりと言った。

「え？　勝さん、役職についてるからって、妬《ねた》みはまずいですよ」

又四郎は呆《あき》れて言った。

「そうじゃねえ。化け物なんか出ていねえ。フンも贋物だ」

「じゃあ、下田はなぜ、片山を殺したんですか?」

「鶴を食ったのを見破られたんだろうな」

「鶴を……」

大谷と又四郎は、顔を見合わせた。

「いいか、片山が集めたフンのなかに、鶴のフンはない。だが、あのあたりにはいまごろ鶴が来ているはずなんだ」

「あ、来てました」

「片山は鶴のフンが欲しくてたまらない。当然、鶴をじいっと観察していた」

「はい」

「ところが、隣の家でも鶴を見ているやつがいた。下田だよ。下田の目的はもちろんフンなんかじゃねえ。なんとか、つぶして食ってやろうと思っていた」

「ははあ」

二人は感嘆の声を上げた。

「鶴ってのは、うまい鳥なんだ。鳥のなかでは、軍鶏《しゃも》や鴨《かも》よりもうまい」

「勝さん、食ったこと、あるんですか?」

と、又四郎が訊いた。

「………」

「あ、あるんだ」

　鶴を食っていいのは、建前《たてまえ》では将軍だけである。

「言うなよ。誰かに言ったりしたら、おいらも食ったが、いっしょに又四郎も食ったって言うからな」

「わたしはそんなもの食ってませんよ」

　又四郎は青くなって弁解した。

「だから、誰にも言うなってんだよ。下田ってのは台所方だろ。たぶん、将軍に食べさせるのに、さばいたりはしたことがあるんだ。それで、てめえも食ってみたくなり、隣の屋敷に来ている鶴を捕まえた」

　それがばれたら打ち首という噂もある。

　じっさいは、それほどひどい罰はないらしいが、皆、怯えて捕《と》らない。

「フンに混じっていた白い羽根は？」

　と、大谷が訊いた。

「鶴の羽根だろう。片山は、鶴がこっちに降り立つのをじっと待っていた。ところが、隣の下田はおそらく餌でおびき寄せ、それを捕まえた。そして、さばいて食った。片山は気づき、なじったりしたのだろう」

「片山って、フンを集めたりするわりには、規則にうるさいんですよ」

と、大谷は言った。

「下田はすぐに石見銀山で殺そうと思った。台所方なんかにいると、そういうのはすぐ手に入るだろう」

「ネズミ捕りに使いますからね」

「片山はうどんしか食わない。それで、毒をうどんのなかに打ち込んだのを、黙っていてくれるお礼だとか言って、渡したんじゃねえかな」

「なるほど」

「だが、なにもなしにうどんで毒殺したりすると、いろいろ詳しく調べられるおそれもある。そこで、前日に片山はくだらないことで大喧嘩をしていたのを思い出した。その相手を下手人にしようと思ったが、その相手がやって来ない。そこで、化け物がフンをするところを見て、びっくりして死んだことにしようと思いついた」

「そういうことですか」

「早く行って、この推論を目付に言うんだな。もちろん、見破ったのは、この勝小吉だと伝えるんだぜ」

　小吉はそう言って、二人を送り出した。

五

　腕利きの目付と評判の長谷川左門が、小吉の檻の前にやって来たのは、それから五日ほど経《た》ってからである。

　かつて火盗改めで鳴らした長谷川平蔵《へいぞう》の遠縁の者だそうで、まだ若いのに、重厚な感じのする男である。

　すべて小吉の推理どおりだったのだ。そのことは、小吉も又四郎から聞いている。

　下田全兵衛は、長谷川左門に脅されると、すべて正直に白状したらしい。

　そこで小吉は、目付を通し、お城の台所方で小吉を引っ張ってくれるよう頼んでいたのである。

　どうやら、その返事を持って来てくれたらしい。

「早川又四郎から、おぬしの希望は聞いた」

と、長谷川は言った。

「ええ、誤解もあってこんな境遇にありますが、なにとぞ」

「うむ。わしもずいぶんおぬしを推薦し、向こうも欠けた一人を埋め合わせるのに、真剣にそなたのことを検討した。だが、駄目だった」

長谷川はすまなそうに言った。

じつは、やって来たときの顔からその返事はわかっていたが、

「なぜ?」

と、いちおう訊いた。

「おぬし、以前、小普請組の組頭に希望を訊かれ、台所方と答えていたよな」

「ええ」

「そのとき、いろいろそなたの人となりについて書き込んだ書類をつくっていた」

「はい。覚えています。いろんな項目に自分で書き込みましたので」

「だよな。そのなかに、いかにも台所方らしい質問があった。好きな食べ物はなにか? という問いだ。おぬし、なんて書いたか、忘れたみたいだな」

「あ」

思い出した。

そして、頭を抱えた。

「てめえで食ってたら駄目だろうよ」

小吉は、好きな食べ物の欄のところに、

「鶴」

と、書いていたのだった。

おさらば座敷牢《ざしきろう》

一

勝小吉のいる檻《おり》の前に、早川又四郎がいつもとは違う照《て》れたような顔で立っている。地味な顔と性格のわりに図々《ずうずう》しいだけが取《と》り柄《え》のこの男にしては、照れるのは珍しい。

一人ではない。なんと女連れである。しかも、若い娘ではないか。

「なに？　もう一回言ってくれねえか？」

小吉が目を丸くしながら、檻の隙間《すきま》から顔を出した。

「いや、だから、この人と祝言《しゅうげん》を挙《あ》げることになりまして」

「祝言？　婿《むこ》になるのか？」

又四郎は、無役《むやく》の貧乏御家人《ごけにん》の四男坊という、絶望的な境遇にいる男である。戦《いくさ》など無くなってしまったこの平和な時代で、養子に入るという手段だけが、この境遇から抜け出せる道なのだ。

「はい」

又四郎は嬉《うれ》しそうにうなずいた。

「その娘の家に？」

「そうなんです」

娘も嬉しそうに肩をすくめた。

「武家の娘ではないみたいだが？」

髷《まげ》のかたちが町人の娘ふうだし、かんざしなども派手である。着物の色合いといったら、むしろ芸者が着るものに近い。

「武具屋を営《いとな》んでいます。ほら、両国橋のたもとの〈甲州屋《こうしゅうや》〉という」

「ああ。大店《おおだな》じゃねえか」

小吉も何度となく入ったことがある。ただ、けっこう値の張る店で、じっさい買ったことはない。

「しかも、何代か前から名字帯刀《みょうじたいとう》を許された家でして」

「てえことは？」

「わたしは、いままで通りの恰好《かっこう》でいても構わないみたいで」

「そりゃあ、また」

ずいぶん都合のいい婿入り先を見つけたものである。

当人ももてないと言っていたし、小吉ももてるわけがないと思っていた。いったい、どういう運が転《ころ》がり込んで来たのか。

小吉の疑念を察したらしく、

「叔父《おじ》の紹介です。叔父が以前から甲州屋を贔屓《ひいき》にしていた関係で」

と、幸運の裏を説明した。

「そうだったのか」

親戚に恵まれたのだ。

小吉には、座敷牢《ざしきろう》から出してやれと言ってくれる親戚は一人もいない。

「まずは、勝さんに見ていただこうと思いまして」

又四郎はそう言って、娘を檻の前に押し出した。ふつうだったら怖《こわ》がるはずである。だが、すでに小吉のことはさんざん聞かされていたのだろう。人間が檻のなかにいるという異様な状況に怯《おび》えるようすはない。

「やいばと申します」

ぺこりと頭を下げた。

可愛《かわい》いしぐさである。顔も、まあまあうまくいった福笑い程度には整《ととの》っている。又四郎にしては、これ以上はないという娘をものにしたのだ。

「やいばちゃんかい。いかにも刀を売る店の娘の名前だね」

「ええ。早川さまは、その名前もいいとおっしゃってくれて」

「そうなの」

小吉なら「八重歯《やえば》と間違いそうな名前だ」くらいは言ってやるのだが、さすがにいまは言えない。

「そんなわけで、これからは勝さんのところにも、いままでみたいに顔を出すのは難しくなると思いますが」

これは体《てい》のいい絶縁の挨拶《あいさつ》なのだろう。これからはまともな暮らしに入るのだから、座敷牢に閉じ込められているような友人は持ちたくないのである。

「ああ、そんなことは構わねえよ」

小吉が鷹揚《おうよう》にうなずいてやると、又四郎はやいばの手を引くようにして帰っていった。小声でなにか言っていたが、おそらく「怒るかと思ってたけど、意外だったよ」くらいのことだろう。

ぴゅうと風が吹いた。

心のなかを吹いたのかもしれない。

年末がひたひたと近づいている。

勝小吉の二十四の冬もまもなく終わろうとしている。

年が明ければ、小吉は二十五になるのだ。なんと、二十五である。もはや若者とも言い難《がた》い立派な大人である。

檻に入ったのは、思い起こせば二十一の歳《とし》の秋だった。

ということはもう三年以上、この座敷牢にいるわけである。

小吉が檻に入ったあとで生まれた麟太郎も、年が明ければ四歳。頭の中身はすでに小吉を超えたという噂《うわさ》まであるらしい。

じっさい麟太郎は、かんたんな字はもう読めるのである。もしかしたら、漢字だって小吉より読めるかもしれない。

「ううむ」

小吉は唸《うな》った。流石《さすが》に忸怩《じくじ》たるものがある。

いちおう表向きは、小吉は修行のため、自ら進んで入ったということにしている。早川又四郎にもそう言えと命じてあった。世間がどれくらい信じているかはわからない。だいいち、三年も経《た》つと、檻の中の小吉のことなど、ほとんど忘れられている。死んだと思っているやつだっている。

――もしかしたらおいらは、一生ここにいる破目《はめ》になったのかもしれない。

親仁《おやじ》や兄貴は、

「お前が変わったということがわかればいつだって出す」

と言っている。

そのくせ、なにがどう変わればということは言わない。それをちゃんと言ってくれないことには変わりようもないではないか。

じっさい、自分でも変わった気がしない。

考え方も性分も、湧《わ》き上がる怒りの凄《すご》さも、世の中に対する妬《ねた》みや嫉《そね》みも、なにも変わらない。

——駄目だな、これは。

小吉は深くため息をついた。

二

そんなとき、近所の旗本《はたもと》の隠居で、勝家とも付き合いのある中山多門《なかやまたもん》が殺されたという話が入ってきた。

伝えたのは、男谷家の現当主で、兄の男谷彦四郎《ひこしろう》である。ただ、小吉は妾腹《めかけばら》なので、母は違う。

小吉も面識はある。幼いうちから何度も挨拶をしてきた。どことなく洒脱《しゃだつ》な感じのする人で、たいがいの年配者は、小吉のぐれたようすや顔つきを見て眉《まゆ》をひそめたりするのだが、中山多門にそんなところはなかった。子どもも心にも、気持ちのやさしい人という感じはしていた。

「まさか、殺されるとはな」

「下手人《げしゅにん》は？」

「まだ捕まっておらぬ」

これは旗本の屋敷内のことゆえ、家の者が下手人を追うか、あるいはお目付《めつけ》衆《しゅう》に調べを依頼するのだろう。だが、このようなことはできるだけ知られたくないから、内々で下手人捜しをやるはずである。

「中山さまは、お幾つにおなりでした？」

と、小吉は訊いた。

「六十三だったな」

「そんなになってましたか」

充分生きただろうと思うが、殺されたとなると、話は別である。

「中山さまが……」

「しかも、変な殺され方だったのだ」

「変なといいますと?」

たいして訊《き》きたくもないが、兄貴が訊いて欲しがっているのは見え見えである。

「中山さまは屋敷内に隠居家を建て、そこに住んでおられた。小さな家だが、枯《かれ》山水《さんすい》の庭がご自慢だった」

「かれさんすい?」

「石と白砂だけでつくられた庭のことだ」

「庭が?」

小吉にとって庭というのは、洗濯物を干《ほ》すための竿《さお》をかける棒が二本立っていて、その向こうは野菜畑になっている――そういうものである。気の利《き》いた年寄りがいれば、庭の隅《すみ》には鉢植《はちう》えが並べられ、盆栽《ぼんさい》だの万年青《おもと》だのが、いかにも自慢げである。

それが庭だろう。

なのに、石と白砂でできているなどと言われても、

――なんだ、そりゃ?

と、思わざるを得ない。

「その庭はなにかの役に立つので？」

「禅《ぜん》の修行に役立つだろうな」

「禅ねえ」

「その庭を前にして座禅を組むと、悟《さと》るのが早まるらしい」

「悟るので？」

「しかも、美しい」

「美しい？」

「そなたは美しい庭というものは見たことがないのか？」

「ありますよ。両国橋からちょっとこっちに来たところにある料亭の〈はなぶさ〉、あそこの庭のきれいさときたらありませんよ。真ん中に池があって、そこでは鯉《こい》のぼりみたいにでっかい鯉が何匹も泳いでいるんです。池には中の島があり、そこにはきれいな裸の弁天《べんてん》さまがいるんです。しかも、池の周りには花の咲く木がいっぱいありまして、梅に桜に桃、サツキに夾竹桃《きようちくとう》に百日紅《さるすべり》、山茶花《さざんか》、椿《つばき》、南天《なんてん》……まあ、花の咲いていない季節というのはありません。もし極楽があるなら、はなぶさの庭みたいなものでしょうな」

じつは、はなぶさの庭というのは、巷《ちまた》の通人にははなはだ評判が悪い。ごてごてして、これでもかと押しつけられるみたいで胸が悪くなるという人も多い。だが、小吉はその庭に、いわば美の極致を見たらしい。

「ま、庭の美はともかく、中山さまはその庭で、まるで石のようにうずくまり、背中を刺されて死んでいたのだ」

「へえ」

「女中が最初に見つけたときはまだかすかに息があり、声をかけると、『わしはまだ、悟れないのか』と言い残されたそうだ」

「悟れない？」

ずいぶん真面目《まじめ》な今わの際《きわ》の言葉である。

「中山さまは、本所でも有名な人格者だった」

「人格者ねえ……」

気持ちのやさしい人だったとは思うが、そこまで褒《ほ》めたたえられる人だったかどうかはわからない。そもそも小吉は、立派な人格というのをあまり信じていない。人間はでこぼこして、しょせんはぼちぼちといったものだろうというように捉《とら》えている。だから、一見丸くおさまっている人に限って、どこかもの凄く変なところを隠していたりするのだ。中山さまだって……。

「そう。そなたが悟れないのはわかるが、中山さまがだぞ」

「おいらはすでに……」

「悟ったのか？」

「そういうことは諦《あきら》めてまして」

「馬鹿者。たとえ悟れなくても、悟ろうと努力するのが人間だろうが」

「はあ」

「だが、頼みがある。そなたの得意の謎解《と》きで、中山さまを殺した下手人を突き止めてくれぬか？」

「おいらが？」

「あそこの用人の若山儀右衛門《わかやまぎえもん》どのはわしもよく知っていてな。ちょっとしたことでお世話になったりもした。その若山どのの頼みなのだ。そなたの奇妙な力については、わしも話したことがあったのさ」

「では、まず、ここから」

「出せというのか？」

「その庭も見てみたいですし」

「そなた、いつも檻のなかで、話を聞くだけで解くだろうが」

と、結局、出してはもらえないのだった。

三

小吉が渋々謎解きを引き受けると、兄の連絡が行ったらしく、まもなく中山家の用人である若山儀右衛門がやって来た。還暦《かんれき》はずいぶん前に超えていそうな、白髪混じりの武士である。

「勝さまの噂は伺《うかが》っておりました。現場も見ずに、不可解な謎を解いてしまうと」

若山の口調は丁寧である。

それもそうで、若山が中山家の家来、いわば陪臣《ばいしん》であるのに対し、勝小吉はかりにも旗本家の当主なのだ。

小吉は人差し指で自分の頭を示し、

「なあに、要はここの使い方次第よ。阿呆《あほう》がいくら現場を見ても、大事なものが見えていないだけのことさ」

若山も現場を見ているのは明らかだから、ずいぶん失礼なことを言っている。

だが、若山はなるほどとうなずき、

「それで、謎を解いていただくには、勝さまにどのようなことをお伝えすればよろしいでしょう?」

と、訊いた。

「そうさな。まずは、怪しいやつを絞《しぼ》り込もうか。家のほうに怪しいのはいなかったのかい?　家族はどうだったんだい?」

「ご家族は、ご当主の桐之助《きりのすけ》さまと奥方さま。それと、お子さまが八歳を頭に三人おられます。このときは、桐之助さまはお出かけで、奥方さまもたまさかご実家に行っておられました。お子さまたちを疑うのは難しいでしょうな」

「ご用人はどうなんだい?」

「わたしも疑いをかけられますか?」

「そりゃあそうさ」

「わたしは、その日はずっと屋敷におりましたが、離れのほうには騒ぎがあるまで伺っていませんでした」

「自分でそう言ってもなあ」

と、小吉は苦笑した。

「では、わたしも怪しい一人としてお考えください」

「ま、若山さんが下手人なら、おいらのところに来るわけないけどな」

「そうですとも」

若山はほっとしたようにうなずいた。

「背中を刺されていたんだって？」

「はい。けっこう深く刺されたようでした」

「凶器は？」

「なかったです」

「庭で刺されたのかい？」

「いや、座敷で刺され、そこから庭に下りてうずくまったようでした」

「ほう」

ということは、それでなにかを伝えたかったのかもしれない。

「見つけたのは誰だって？」

小吉はさらに訊いた。

「おもとと申す女中です。八つ（午後二時頃）どきの菓子をお持ちしたとき、庭で血を流されている多門さまを見つけまして」

「それで、なにか言ったんだよな？」

「わしはまだ、悟れないのかと言ったそうです」

「言いそうかい、そういう台詞《セリフ》は？」

「どうでしょうか」

若山は首をかしげた。

「その女中は怪しくねえのかい？」

「まだ入ったばかりの若い女中でして、身体《からだ》つきも幼く、多門さまがあのような小娘に刺されるなどとは……」

思えないらしい。

だが、世の中にはそういう娘っ子を好む野郎もいるのである。

「ほかに、屋敷には？」

「わたしの家内、若侍が一人、女中がおもとも入れて三人、小間使いの男が二人……」

と、指を折り、

「それですべてです。その者たちは、誰も隠居家のほうへ行ったようすはないと、互いに証明しています」

「なるほど」

とりあえず、そこは信じるしかない。全員で結託していることも考えられるが、それは最後に疑うべきだろう。でないと、ごちゃごちゃするだけである。

「ただ……」

「ただ、なんだい？」

「隠居家の庭の塀《へい》には、一カ所だけ内側から開けられる隠し扉がありまして、親しい友人などはそっちから出入りしていたようです」

「なんだ、隠し扉があるのかい」

だったら、下手人はそっちから来たやつに決まっている。

「そこから入られると、誰がいつ来て、いつ帰ったかは、なかなかわかりません」

「出入りしていたのは？」

「道楽を同じくしていた〈増田屋《ますだや》〉のご隠居《いんきょ》さんと、将棋《しょうぎ》友だちだった〈小田原屋《おだわらや》〉のご隠居さんの二人は、そっちから出入りしてましたね」

「その二人は怪しくねえのかい？」

「お二人とも七十を過ぎてますし、体力もそうあるとは思えませんので」

「中山さまを刺したりはできねえか」

「はい」

「中山さまは色気のほうはなくなっていたのかい？」

「それなのです。多門さまは、ご存じのように若いときは美男で知られたし、いまも充分、面影は残っていました」

「まあな」

だいたい、美男で人格者などというあたりが、小吉は胡散臭《うさんくさ》く思えていたのである。ブ男が一所懸命修行して、悟りを得るのはわかるが、美男だの美女というのは誘惑が多いから、厳しい修行などもしないのではないか。

「しかも、話は面白いし、やさしいしで、もてないわけがない。奥方さまは十年前、事故で亡くなられ、まあ、それも隠居した理由にもなったのでしょうが。おそらくいまも、付き合っていたおなごはいたと思います」

「だろうな」

おそらく、その筋だろうと、小吉は見当をつけた。

四

若山儀右衛門に頼んで、まずは道楽がいっしょだったという増田屋の隠居を呼んで来てもらった。増田屋は、竪川沿いに店を出している大きな薪炭《しんたん》屋で、隠居はだいぶ前から商売には関わっていない。

小吉のいる檻の前に来ると、目を丸くし、怯えた顔をした。とても人など殺せそうにはない。

「中山多門さまのことは聞いたかい？」

「驚きました」

「道楽が一緒だったって？　吉原にでも二人で通ったりしてたのかい？」

「滅相《めっそう》もない」

「だが、道楽がいっしょだったんだろう？」

「それは瓢簞《ひょうたん》づくりのことです」

「瓢簞？」

あんなものがなんの道楽なのか。

「ああ見えて、いいものをつくるのはなかなか難しいのです」

「そうかね」

「中身を腐らせて抜くときが、ものすごく臭いのです」

「へえ」

「それで、柿渋《かきしぶ》を何度も塗《ぬ》り重ねて、艶《つや》を出していくのですが、このとき肌に味わいを出すにはいろいろ工夫がありましてね。あ、そうそう、これは中山さまからいただいたものです」

と、腰の瓢箪を見せた。

斑《まだら》の模様が出て、ぴかぴか光っている。

「中山さまがつくったのかい？」

「そうなのです。いい輝きでございましょう」

「そうだな」

なにがいいのかわからないが、小吉は適当な返事をして、

「中山さまは、庭で石みたいに丸くなって死んでいたらしいぜ」

と、言った。

「そうなので？」

「なにか訳でもあるのかね」

「どうでしょう。ただ、中山さまはあの庭を大事になさってましたから」

「どう大事に？」

「庭を見る目が、なにかを拝《おが》んでいるようだと思ったことがありました」

「拝むねえ。そんなにいい庭かい？」

「あたしはああいう庭は詳しくないのでわかりませんが、われわれだったら池をつくったり、木を植えたりするところですが、石と白砂だけですからね」

増田屋も不思議だったらしい。

もちろん小吉も同感である。

「ところで、中山さまに付き合っていた女がいたらしいな？」

さりげなく訊いてみると、

「ああ。一度、お見かけしたことが」

と、増田屋の隠居は言った。

「どういう女だった？」

「チラッとだけで、顔もろくに見る暇がなかったくらいです。ただ中山さまは、わたしは女の好みはかなり変わっていてね、とはおっしゃってました」

「変わってる?」

「はい。どんなふうに変わったのがお好みだったのかは、なにせはっきり見ていないのでわかりません」

増田屋の隠居は、それ以上詳しいことは知っていそうになかった。


つづいて、小田原屋の隠居を呼んで来てもらった。ここは、両国橋の近くで提灯《ちょうちん》屋をしていて、ほんとかどうかわからないが、「小田原提灯というのは、うちの店で生まれたものだ」と自慢しているらしい。

隠居は七十もずいぶん過ぎているらしく、髪はほとんどなく、禿《は》げあがった頭全体が、油でも塗ったみたいに光り輝いている。

「中山さまとは将棋友だちだって?」

「そうなのです。お亡くなりになって、あたしも寂《さび》しくなります」

と、肩を落とした。

「中山さまは、将棋は強かったのかい?」

囲碁《いご》ではなく、将棋のほうが好きだったというのは、隠れた性格を表わしてはいないか。囲碁は勝ち負けがはっきりしないところがあるが、将棋は明らかである。勝気なやつが好む遊びなのだ。

「そうですねえ、わたしとの対戦だと、十番に八番はわたしが勝ってましたね」

「悔しがったろう？」

「そんなことはないです。中山さまは、勝ち負けにはあまりこだわらなかったですよ」

「そうなのかい」

と、小吉は当てが外れてがっかりした。

「ただ、将棋の格言をつくることに熱心でね」

「将棋の格言？」

「ええ。たとえば、『金は王の兜《かぶと》』」

「なんだ、そりゃ？」

「金将の駒は、王将の上に置いてこそ、力を発揮すると」

「はーん」

「ほかにも『角は桂馬《けいま》で突け』とか、いっぱいありました」

「ふうん」

「面白い将棋でした」

もしかしたら、勝ち負けの挙句《あげく》に喧嘩《けんか》になって殺されたという筋も考えていたのである。だが、それはまったくなさそうだった。

「ところで、中山さまに付き合っていた女はいなかったのかい？」

「ああ、いたみたいです。わたしはお会いしたことはないですが、まもなく来るころだとおっしゃって」

「挨拶くらいはしなかったのかい？」

「わたしも言ってみたのですが、とても会わせられないと」

「なぜ？」

「わたしは好みが変わっているのでと」

「ほう」

増田屋もそれを言っていた。

いったい、どう変わっていたのか。小吉はだんだん興味を覚えてきた。

「あたしは、たぶん着物の色の好みが変わっているのかと推測していました」

「どういう意味だい？」

「チラッとだけ見たんです。緑色の着物を着てましてね」

「緑色？」

「それもなんて言うのか、派手な色で」

派手な緑色の着物というのは、あまり見ない。たしかに、変わった趣味と言えるだろう。だとしたら、そこから女を割り出せるかもしれない。

五

着物の色を手がかりに、岡っ引きの仙吉に女を捜してもらうことにした。仙吉というのは、ここらを縄張りにしているまだ若い岡っ引きだが、腕は悪くない。何度か探索の手伝いもしてもらっていた。

ただ、中山多門の殺しのことは言わない。なまじ仙吉に手柄を立てられたら困るのだ。

「濃い緑色の着物の女を探せ？　ちっと変わった女かもしれない？　わかりました。ただ、そういうのはちょっと手間がかかりそうですぜ」

と、仙吉は言った。

「だろうな。ま、できるだけ早くやってくれたら、おいらもここを出てから、いろいろおめえの役に立ててると思うぜ」

った。

「わかりました」

仙吉は、まだここにいるのかというように檻を見て、それから足早にいなくなった。

「さて……」

仙吉が女を探し当てる前に、調べておきたいことがある。

庭のことである。

枯山水とかいう庭になにかがあるのだ。

だからこそ、刺されたあと、母屋《おもや》のほうにも逃げず、人も呼ばず、庭に下りてからうずくまったのだ。

謎を解くには、庭に隠された秘密をあばかなければならない。

自分の目で見られれば、それがいちばんんだが、なにせ檻から出してもらえない。いままでなら早川又四郎を呼んで見て来てもらうのだが、それはしたくない。又四郎は、もう小吉とは縁を切りたいのだ。

用人の若山に訊けば、庭のつくりはわかる。だが、毎日見ているやつは、逆に庭の特徴がわからなくなっていたりする。

兄の彦四郎も駄目だ。

ああいうカタブツは、物事を決まりきった視点からでしか見ることはできない。もっと澄んだ目で、物事の本質を見抜くことができるやつ……。

――それができるのは自分しかいない。

と思ったとき、檻の前の庭にちょこちょこと小さな子どもが現われた。

もちろん勝麟太郎である。

可愛くてたまらない長男である。

――こいつならやれる。

と、小吉は直感した。

数えの三歳。一月生まれだから、満年齢も三歳に近い。

そのわりに、口も足も達者である。ただ、身体は小柄である。だから、まるで赤ん坊がひょこひょこ歩いて、ちゃんと言葉まで話しているような、妙な感じを与える。妙なといっても、不気味な感じはなく、ひたすら可愛い。

麟太郎のあとから、おのぶもやって来た。

「おい、おのぶ」

「はい」

「使いをしてくれねえか？」

「なんでしょう?」

「中山さまのお屋敷は知ってるよな?」

「ええ。ご隠居さまの多門さまが亡くなりましたよ」

「その件で、麟太郎を連れて、多門さまが気に入っていたという庭を見て来てもらいてえんだ」

「庭を?」

「ああ。麟太郎、庭を見て来てくれ」

「チチの頼み?」

「そうさ。チチの頼みだ」

「わかりまちた」

麟太郎はうなずき、おのぶに手を引かれて路地のほうへ出て行った。

おのぶと麟太郎は、半刻《はんとき》(約一時間)ほどしてもどって来た。

「どうだったい、麟太郎?」

「お庭、見てちた」

麟太郎は回らない舌で言った。

「どんな庭だった？」

「おもちろいお庭だった」

「面白い？　どんなふうに？」

　小吉が訊くと、

「おかしな庭ですよ。石と白砂しかないんです。あれを言葉で説明するのは難しいですよ」

　と、おのぶが言った。

　すると、麟太郎もうなずいて、

「おいら、絵、描く」

　と、おのぶを見た。

「絵を？　それはいいわね」

　おのぶはそう言って、紙と筆を用意してきた。

　麟太郎は檻の前に座り、

「描きまちゅ」

　そう言って、筆を動かし始めた。

　子どもらしい、たどたどしい筆使いだが、描いているのは難しいかたちではない。だが、描く場所については、迷ったりしている。

「あ、そうそう。そこに石が二つ、並んでた。麟太郎、凄いね。そんなふうだったよね」

わきでおのぶが感心する。

「でちた」

麟太郎は筆を置いた。

描き終えると飽きてしまったらしく、麟太郎は庭に下り、庭の隅《すみ》で大好きなダンゴ虫を探し始めた。

「まさに、このとおりですよ。石はこんなふうに並んでいました。右のほうに大小の石がくっついていて、左のほうに中くらいの石が三つ、離れて置いてありました。麟太郎は、ほんとに凄い。あたしなんか、石の数くらいしか覚えてなかったのに」

もののかたちをそっくり頭のなかに入れる。それは小吉も得意である。麟太郎も小吉の血を受け継いだのだろう。

石の数は五つだが、大小やかたちの違いがある。それも正確に写してあるらしい。

「大きさやかたちもだいたいこんなふうか？」

小吉がおのぶに確かめるように訊いた。

「はい。一つを除いて、あまり丸まってはいない、ごつごつした石というより岩の小さいやつと言ったほうがいいかもしれません」

一つだけ、左下に丸い石があった。

「これは、やけに丸いな？」

「そうなんです。しかも、よく磨いているので、つるつるした感じなんです」

「この前に多門さまはうずくまっていたんだろう？」

「そうらしいですね。石に抱きつくみたいな恰好だったそうです」

「抱きつく？　大きさは？」

「二尺（約六〇センチ）くらいはあったと思います」

「だとすると、かなりの重さだな。自分でつくったんじゃねえのか、この庭は？」

「違うそうです。松井《まつい》町二丁目の〈石勘《いしかん》〉さんに頼んだとおっしゃってましたよ」

「そうか」

小吉は兄の彦四郎を呼んでもらい、石勘のあるじをここへ連れて来るよう頼んだ。

六

石勘のあるじの勘太郎《かんたろう》は、五十は過ぎているだろうが、まさに岩を削《けず》ってできたような身体つきだった。

「近ごろお見かけしねえと思っていたら、こんなところに入られてましたか」

そう言った口調には、同情らしき気配もあった。

「修行のためさ」

「なるほど」

「ところで、おめえ、そっちの中山さまの屋敷の庭をやったんだよな?」

「枯山水の?」

「知ってたんだ、枯山水って」

「いちおう知ってました。ただ、あの庭は途中で変わりましてね」

「ほう」

「十年ほど前に、庭を枯山水にしたいと言われ、最初のかたちをつくりました」

石勘がそう言ったので、

「いまは、こうだな」

と、麟太郎が描いた絵を見せた。

「あ、そうです。よく、描けてますね、これは」

「まあな」

「それで、この右手に大きな岩とそれより少し小さな岩が寄り添っていますでしょう。これはなんでも夫婦岩《めおといわ》みたいです」

「夫婦岩？」

「枯山水というのは、禅の修行に使われたりする庭ですので、あまりはっきりした意味は持たないようにするんです。人によって、どうとでも取れるのがいいんですけどね」

「そうなのか」

「それで、夫婦岩はおかしくないですかと申し上げたのですが、いいんだと」

「ほう」

「それで、この夫婦岩のほか、これとこれの四つは最初から置いたんです。まあ、庭の大きさからしても、夫婦岩という名前さえ気にしなければ、なかなかいい庭になったと思います」

「そうだな」

小吉も知ったような顔をした。

「ところが、こっちに丸い石がありますね」

と、石勘は左下に描かれた石を指差した。

「ああ」

「これは、半年くらいして、ここに丸い石を置くようにと中山さまから言われて、追加したものなのです」

「これって変だよな？」

と、小吉は言った。

「変だと思われました？」

「理由はわからねえが、なんか変だと思うぞ」

小吉がそう思ったのは嘘《うそ》ではない。なにか、この石だけ、怪しい匂いがぷんぷんしたのだ。

「じっさい、変なのです。あっしは、京都に行ったとき、禅寺でいくつか枯山水の庭を見て来たことがありましてね、こんな丸くてつるつるした石なんか置いているところはどこにもなかったんです。それを申し上げると、ムッとなさって、よいのだ、丸い石は悟りを示したもので、この庭にはなくてはならないのだと」

「へえ」

「しばらく見てなかったですが、やっぱりこれは変でしょう」

これだけ聞けば充分なので、石勘には帰ってもらった。

小吉は、麟太郎が描いた庭の絵をじいっと眺めている。

――もしかしたら、この石組みは文字になっているのではないか。

ふと、そう思ったのだ。あるいは、刺されてうずくまった中山多門を石だとすると、それで読めるようになる字があるのではないか。

穴が開《あ》くほどこの絵を眺めた。

だが、字はなかなか見えて来ない。

もしかしたら知らない字なのかもしれない。なにせ、知っている字がそもそもあまり多くないのだ。

さんざん考えたあげく、

「よう、麟太郎」

と、檻のわきで遊んでいた麟太郎に声をかけた。

「ほよ」

麟太郎は小さな木片を積み上げて遊んでいたが、呼ばれてこっちを見た。

「この庭の絵なんだけどな、字になってないか？」

「字、ないよ」

麟太郎はすぐに答えた。

「ほら、石と石をつないだりすると、字が出てくるんだよ」

「字、ないよ」

と、そっけない言い方である。

「漢字かもしれねえぞ」

「漢字も、ないよ」

三歳の子どものくせに、やけにはっきり否定した。

「そうかあ」

すると、麟太郎は檻のわきに置いていたおもちゃ箱から、丸い玉を取り出して、磨くようにした。

けん玉の紐《ひも》がちぎれたやつらしい。

「なおしてやろうか？」

「うん、これ、つるつる」

「それは、漆塗りの上等なやつだからな」

「つるつる、好き」

麟太郎は、さもいとおしそうに丸い玉を撫《な》でている。

これを見ているうち小吉は、

——え？

と、なった。

七

兄の彦四郎に頼み、用人の若山儀右衛門に来てもらった。そのやりとりを、彦四郎もわきで聞いている。

「つかぬことを訊くけれど、もしかして、多門さまは、尼さんとご縁はなかったかい？」

と、小吉は訊いた。

「尼さんと？　どうして、それを？」

若山は眉をひそめた。

小吉は、飽きずに木片遊びをしている麟太郎をちらりと見て、

「なあに、庭の丸い石というのが気になっていて、そのうちふと思ったのさ。やっぱりあったんだな？」

「ええ」

「なんで、それを言わねえんだよ」

「もう何十年も前のことですから、わたしも忘れてましたよ。四十年以上前のことです」

「そんなに……」

「まだ、お若いとき、好き合った相手がいましてね。わたしは、忍んで来られたのも、見たことがあります」

「へえ。じゃあ、男女の仲だったんだ」

「そうですな。向こうは八千石の姫さまで、当家は二千石。そもそも家格が違うので結ばれるのは難しかったのですが、その姫さまが突然、髪を下ろされまし

て。淫《みだ》らなおのれが嫌になりましたと」

「へえ」

「だが、多門さまはそれでもよい。姫はますます可愛いと」

「ますます？」

「出家した姫と駆け落ちでもするつもりだったのでしょうか。多門さまもまだお若くていらっしゃったので」

「駆け落ちは無理だろう？」

「はい。しかも姫さまは、多門さまも早くお悟りなさいと言って、ほんとにどこかの寺に入ってしまったそうです」

「今わの際に言った、まだ悟れないというのは、それなんじゃないか」

「なるほど」

と、若山は手を打った。

「ところで、十年前に奥方さまはなんで亡くなったんだい？」

「釣り舟から落ちられたのです」

「釣り舟から？」

「隠居なさる前まで、多門さまは釣りを好み、よく、ここから舟で大川に出ていました。その後、堀もつぶしてしまいましたが、直接、庭から舟を出せるようになっていたのです。それで、その晩は珍しく、多門さまは奥方さまを連れて、夜釣りに出られたのですが……途中で舟が揺れ、奥方さまは落ちてしまわれて」

「死体は？」

「出ていないのです。ちょうど引き潮のときで、あっという間に呑《の》まれてしまったみたいです」

「ふうむ」

小吉はしばらく考え、

「若山さん。庭に夫婦岩があるよな？」

「はい」

「その夫婦岩の下を掘ってみてくれないか？」

「掘るのですか？」

「とんでもないものが出てくるかもしれねえ」

「わかりました」

若山は急いで屋敷に引き返し、それまで話を聞いていた彦四郎もあとをついて行った。

若山と彦四郎がふたたびやって来たのは、それから半刻ほどしてからである。

「いやあ、驚きました」

と、若山が言った。

そのわきで、彦四郎が、

「そなた、千里眼《せんりがん》か？」

と、薄気味悪そうに言った。変な疑いをかけられ、ますますここから出してもらえないかもしれない。

小吉は彦四郎を無視し、

「やっぱり出て来たかい？」

と、若山に言った。

「はい。あれは？」

「亡くなった奥方さまだろうな」

「まさか、多門さまが？」

「多門さまが殺したわけではないだろう。おそらく、奥方さまが自分で飛び込んだのではないかな」

「なんと」

「なんとか遺体は引き揚げたんだろうな。ただ、奥方さまの秘密を知られたくなかったので、遺体を見られないよう、そっとあそこに埋めたんじゃないかな」

「秘密？」

「ああ。それで夫婦岩をつくって、哀れな奥方さまを慰《なぐさ》めてやろうとしたのさ。ところが、多門さまは悟れないわけよ」

「いやあ、さっぱりわかりません」

若山は首を横に振った。

わきで彦四郎も、腕組みし、首をかしげている。

「そうかい。おいらは下手人まで、すべてわかったぜ」

と、小吉は自信たっぷりの笑みを浮かべた。

八

それから三日ほどして——。
「ようやく見つけました、緑色の着物の女を」

と、仙吉がやって来た。

「そりゃあ、てえしたもんだ」

「相生町二丁目の髪結いのおきんというのが、ときどき着ていたみたいです」

「やっぱり髪結いだったかい！」

案《あん》の定《じよう》である。もしも見つからないようだったら、髪結いに絞って探してもらおうとも思っていたのだ。

「ただ、とくに好んで着ていたわけではなく、あまり褒められないので、近ごろはほとんど簞笥《たんす》のなかだそうです」

「だろうな」

と、小吉はうなずいた。変わった女というのは、緑色の着物を好んで着るからというわけではないのだ。

「それと、勝さまは変わっているかもしれないとおっしゃってましたが、ちっとすれてはいるけど、そう変わってはいない気がしますぜ」

おきんの変わりようは、見た目ではわからないのだ。

「それはいいんだ。器量のほうはどうだい？」

「飛びぬけてべっぴんてえほどではねえですが、可愛らしい顔立ちでしょうね」

「なるほどな。それで、男がいるだろう?」

「います。鶴吉《つるきち》といって、まあ、ろくなやつじゃあないですね」

「だろうな」

「しょっぴいて来ましょうか?」

仙吉は、なにか事件の匂いを嗅ぎつけたのだ。

だが、ここは小吉が手柄を独り占めしなければならない。

「いや、もういい。助かったぜ」

小吉は、帰れというように顎をしゃくった。

仙吉は未練がありそうだったが、怒ったときの小吉の凄さは知り尽くしているので、おとなしく帰って行った。


兄の彦四郎と若山儀右衛門に頼んで、中山多門さまのことで訊きたいことがあるからと、髪結いのおきんを呼んでもらった。

すると、予想どおり、男を連れて来た。

「勝さまのお宅はこちらですか?」

おきんは、檻の前に立ち、不思議そうにのぞき込みながら訊いた。

「ああ、そうさ」

「なにか中山さまのことでお訊きになりたいとか?」

「そうなんだよ。でも、一人で来て欲しかったんだけどね」

小吉がそう言うと、

「あっしは鶴吉っていいまして、おきんとは所帯を持つつもりでおります。だから、いっしょに話をしたいんで」

「じゃあ、しょうがねえな。ところで、おきん。おめえ、そのかつらを脱いでみてくれねえか?」

「かつら?」

おきんは驚いた表情を見せた。

「ああ、嫌なら岡っ引きの仙吉でも呼んで、無理に取ってもらうぜ」

「わかりましたよ」

そう言って、おきんは頭に手をかけると、すぽっとかつらを脱いだ。なかから、少し伸びているが、つるつるに剃《そ》った頭が現われた。

「中山多門さまは、つるつる頭がお好きだったからな」

小吉がそう言うと、

「ご存じだったんですか?」

おきんは目を丸くした。

「それで、亡くなった奥方さまも、つるつる頭にしたんだよな。中山さまの好みを知ったもんだからさ。それで、おめえのところでかつらをつくってもらったんだろ?」

「そこまでご存じなので?」

小吉の推測である。

「おめえ、奥方さまはなんで死んだんだと思ったんだ?」

「はじめは多門さまに殺されたのかと疑ったのですが、多門さまはそんな人ではありません。あたしは、おそらく奥方さまが、自分の淫らさに絶望なすったのかも、と……」

「おいらの推測といっしょだぜ」

「真面目な奥さまでしたから」

「それで、おめえは同じようにして多門さまに取り入ったわけか?」

「そう、露骨な言い方をなさらなくても」

「それで、近ごろ、多門さまから別れ話でも出たのかい?」

「逆ですよ。あたしが、この人といっしょになるので別れたいと」

「なるほどな」

「そしたら、あの爺《じじ》いが急に怒り出して、あたしに殴りかかったんです」

「それで、鶴吉が短刀でぐさりかい？」

　小吉は鶴吉を見て言った。

「旦那。それは知りませんよ。おれたちはあまりの怒りように、怖くなって逃げただけですから。ご自分で自害なさったのでは？」

「自分の背中には刺せねえんだよ」

　もはや、鶴吉のしわざだったことは明らかだった。

「なんの証拠もないのに、やめてください」

「ところが、証拠はあるんだよ」

「え？」

「おめえ、鶴吉だろ」

「ええ」

「多門さまは、最後、つるつるした丸い石のところに行って亡くなったんだ」

「つるつる頭の女が大好きでしたからね」

「違うんだ。つるつるは鶴、しかも白砂を除《よ》けて、土を出し、口の字を書いていたんだ。土に口でなんだ？」

「吉……」

「中山さまは、最後の力を振り絞り、刺した相手を告げて亡くなったのさ」

嘘である。咄嗟《とっさ》に思いついた出まかせである。

本当は、鶴吉が言ったように、つるつる頭にしがみついたのだ。だからこそ、「まだ悟れない」という言葉を残したのだ。

小吉は鶴吉の反応を見た。

鶴吉の顔が崩《くず》れるように変わった。

「糞《くそ》っ。逃げるぞ、おきん」

鶴吉はおきんの手を引き、逃げようとした。どこか遠くへでも逃げ延びる魂胆《こんたん》だろう。

だが、その前に、

「逃がさぬ」

と、隠れていた若山儀右衛門と男谷彦四郎が立ちはだかっていた。

九

中山家の屋敷からもどって来た男谷彦四郎は、

「小吉。見事なものだった」

と、檻のなかの小吉に向かって言った。

「なあに、したくもねえただ働きをしちまいましたよ」

小吉はそう答えるつもりだった。

だが、檻のわきにいた麟太郎を見て、

「いや。兄上のおかげですよ」

と、自分でも思ってもみないことを言った。

まさか、そんな歯の浮くようなことを、自分が言うとは思いも寄らなかった。

すると、彦四郎は目を瞠《みは》り、

「ほう。世辞《せじ》の一つが言えるようになったか」

と、言った。

「ま、それくらいのことは檻のなかにいるあいだに考えましたよ。世のなかでやっていくには、世辞の一つも言えなくちゃ駄目だって」

「それは大事なところに気がついた。世辞がうまく言えたら、この世のたいがいのことがうまく行くものだ」

「そうでしょうね」

小吉はうなずいたあと、ひどくみじめな気持ちになった。

もし、それが本当だとしたら、この世はなんとくだらないところなのだろう。世間というのは、どれほど薄っぺらいのだろう。

だが、じっさいそうなのだ。そして自分は、そういうくだらなくて薄っぺらい世のなかに腹を立て、反抗しつづけてきたのだ。

「それがわかれば、わしはお前を檻から出してやってもいい」

彦四郎は言った。目に涙が浮かんでいた。

「それは……」

意外ななりゆきである。

だが、思っていたほどの喜びは、こみ上げては来ない。

「ちと、待て。父上とも相談して参ろう」

彦四郎はそう言って、母屋に向かい、いなくなった。

小吉は、檻のそばにいる麟太郎を見た。

麟太郎に、男として見せたくないところを見せてしまった気がした。

麟太郎と目が合うと、小吉は胸を張り、囁《ささや》くように言った。

「おめえは、世辞で世のなかを渡るような男にはなるんじゃないぜ」


「そうか、小吉。わかったのか」

親仁の嬉しそうな声がして、檻の前にやって来た。

後ろから、嬉しそうにおのぶがついて来ていた。

「ご迷惑をおかけしまして」

小吉は親仁にも頭を下げた。

「うん、うん。わかればいいのだ。わしだって、好んでこんなところにそなたを入れていたわけではない」

親仁はそう言って、嬉しそうに檻のカギを開け、小吉を外に迎えた。

勝小吉は、ついに檻から出た。

三年と五カ月ぶりに、娑婆《しゃば》が目の前に広がった。

世辞で渡って行かなければならない、くだらなくて薄っぺらい娑婆が。

「さあ、今日は祝いの一献《いっこん》だ」

彦四郎が小吉の肩を叩《たた》いた。

「いっこん、いっこん」

いっしょに歩き出した麟太郎が、たどたどしい口調で言った。

「ありがとうございます」

そう言って、小吉はふと、足を止めた。

「どうした、小吉？」

親仁が訊いた。

「いえ……」

小吉は振り返って、たったいままでいた檻を外から見た。

すると、やはり檻のなかが自分の居場所であるような気がした。

――今夜もあそこに寝ようか。

そう思った自分が、少し哀れでもあり、誇らしくもあった。

〈初出一覧〉

傾城の猫　小説ＮＯＮ　二〇一三年八月号
ぶっかけ飯の男　小説ＮＯＮ　二〇一三年九月号
眠れる木の上の婆あ　小説ＮＯＮ　二〇一三年十、十一月号
相撲芸者が死んだ　小説ＮＯＮ　二〇一三年十二月号
犬の切腹　小説ＮＯＮ　二〇一四年一月号
幽霊駕籠　小説ＮＯＮ　二〇一四年二月号
大名屋敷の座敷わらし　小説ＮＯＮ　二〇一四年三月号
化け物のフン　小説ＮＯＮ　二〇一四年六月号
おさらば座敷牢　書下ろし

一〇〇字書評

やっとおさらば座敷牢

切り取り線

購買動機（新聞、雑誌名を記入するか、あるいは○をつけてください）

□（　　　　　　　　　　　　　　）の広告を見て
□（　　　　　　　　　　　　　　）の書評を見て
□ 知人のすすめで　　　　□ タイトルに惹かれて
□ カバーが良かったから　□ 内容が面白そうだから
□ 好きな作家だから　　　□ 好きな分野の本だから

・最近、最も感銘を受けた作品名をお書き下さい

・あなたのお好きな作家名をお書き下さい

・その他、ご要望がありましたらお書き下さい

住所	〒				
氏名		職業		年齢	
Eメール	※携帯には配信できません	新刊情報等のメール配信を 希望する・しない			

この本の感想を、編集部までお寄せいただけたらありがたく存じます。今後の企画の参考にさせていただきます。Eメールでも結構です。

いただいた「一〇〇字書評」は、新聞・雑誌等に紹介させていただくことがあります。その場合はお礼として特製図書カードを差し上げます。

前ページの原稿用紙に書評をお書きの上、切り取り、左記までお送り下さい。宛先の住所は不要です。

なお、ご記入いただいたお名前、ご住所等は、書評紹介の事前了解、謝礼のお届けのためだけに利用し、そのほかの目的のために利用することはありません。

〒一〇一‐八七〇一
祥伝社文庫編集長　坂口芳和
電話　〇三（三二六五）二〇八〇

祥伝社ホームページの「ブックレビュー」からも、書き込めます。
http://www.shodensha.co.jp/bookreview/

祥伝社文庫

やっとおさらば座敷牢《ざしきろう》　喧嘩旗本《けんかはたもと》　勝小吉事件帖《かつこきちじけんちょう》

平成31年2月20日　初版第1刷発行

著　者　風野真知雄《かぜのまちお》

発行者　辻浩明

発行所　祥伝社《しょうでんしゃ》
東京都千代田区神田神保町3-3
〒101-8701
電話　03（3265）2081（販売部）
電話　03（3265）2080（編集部）
電話　03（3265）3622（業務部）
http://www.shodensha.co.jp/

印刷所　図書印刷
製本所　図書印刷
カバーフォーマットデザイン　中原達治

Printed in Japan ©2019, Machio Kazeno　ISBN978-4-396-34495-5 C0193